岩波現代文庫／文芸 298

海うそ

梨木香歩

岩波書店

海うそ　目次

装丁　緒方修一
装画　高山裕子

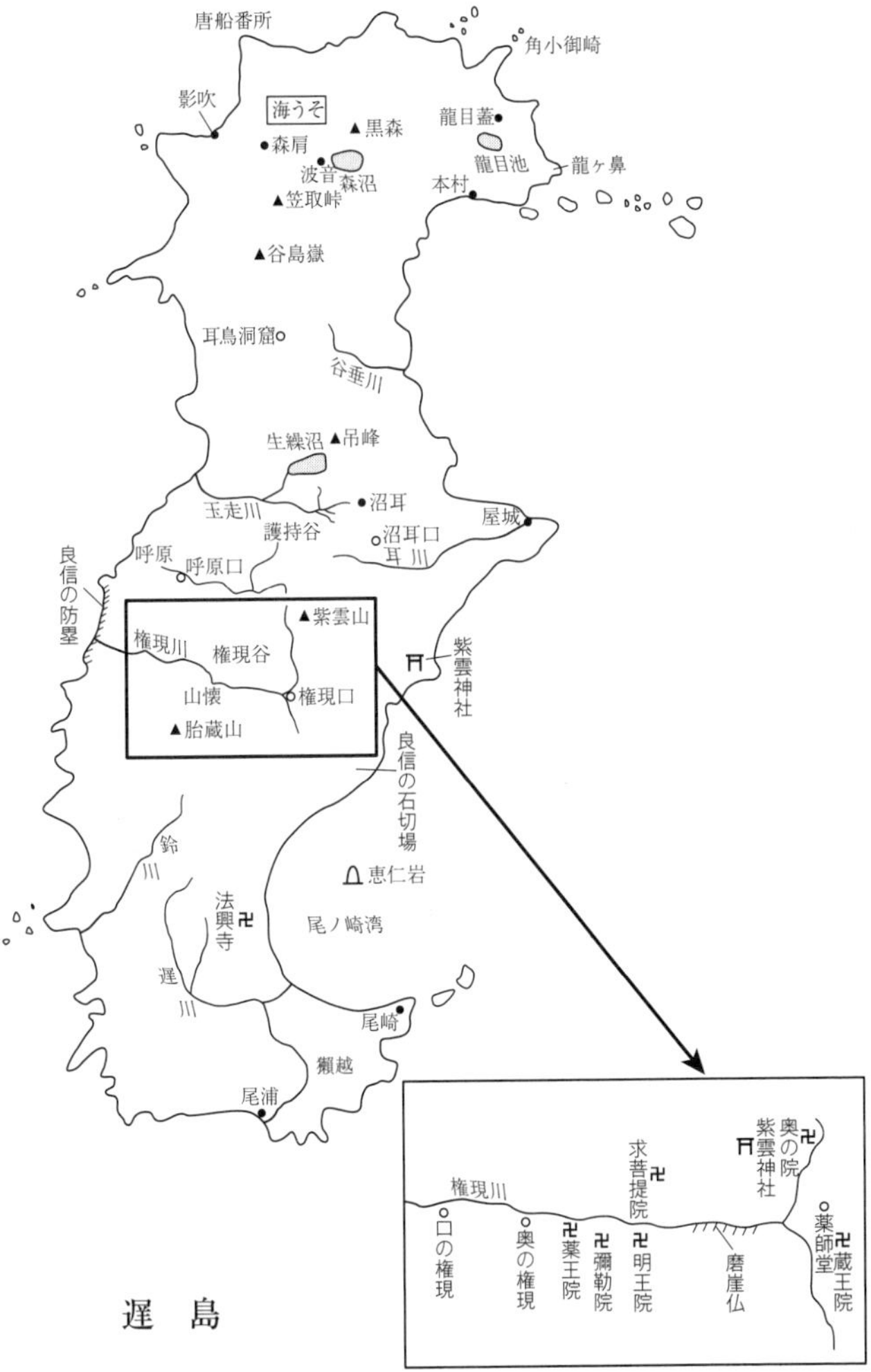
遅島
唐船番所
角小御崎
影吹
海うそ
黒森
龍目蓋
森肩
波音
森沼
龍目池
龍ヶ鼻
本村
笠取峠
谷島嶽
耳鳥洞窟
谷垂川
生繰沼
吊峰
玉走川
沼耳
屋城
護持谷
沼耳口
耳川
呼原
呼原口
良信の防塁
紫雲山
権現川
権現谷
紫雲神社
山懐
権現口
胎蔵山
良信の石切場
鈴川
恵仁岩
法興寺
尾ノ崎湾
遅川
尾崎
獺越
尾浦
奥の院
紫雲神社
求菩提院
権現川
口の権現
奥の権現
薬王院
彌勒院
明王院
磨崖仏
薬師堂
蔵王院

龍目蓋《たつのまぶた》——影吹《かげふき》

イタビカズラ／ヤギ　二階屋

山の端から十三夜の月が上っていた。

月はしっとりと深い群青の夜空の、その一角のみを白くおぼろに霞めて、出で来た山の黒々とした稜線から下をひときわ闇濃くしていた。昼間の猛々しい暑さが嘘のようになりをひそめ、ときおりゴイサギの気味の悪い叫び声が辺りを制する他、至極静かなものであった。

また鳴いた。飛びながら鳴いている。ゴイサギは連れ立って夜の水辺を目指して来たのだろう。私も部屋を借りている家の爺さん婆さんとともに、水浴びをしようと湖の端までやってきたところだった。爺さん婆さんは水浴びはしない。そこから湖の対岸にある湯治場まで湯浴みに出かけるのである。湖には龍目池という名が、あるにはあるが、実際のところ、池と呼ぶには少々大きい。私自身は湖に勘定しているが、しかしまた表立ってそう呼ぶのも気が引ける、そういうどっちつかずの大きさなのだった。

岸辺の苫屋にしまってあったたらい舟を、爺さんが慣れた動作で引き出している。婆さんはそれを傍で見守っている。先ほどより高く上がった月の光が、そのようすを照らし出していた。たらい舟は、杉板を円状に立て、周囲を竹でぐるりと支えてあるもので、桶樽と変わらぬ構造である。

湖の向こう側には温泉が湧き出る。辺りでは其処彼処に湯治場ができており、爺さんたちはその一つで湯をもらうらしい。皮膚病にもよく効くというので、本土から難治性の皮膚病を抱えた患者たちも渡って来ると聞いた。人目を憚るように専用の小屋で長期療養しているという。

三人、乗ろうと思えば乗れる、先生も来んかね、とたらい舟に乗り込んだ爺さんから声がかかったが私は固辞した。こんな人里離れた山奥の、湖の真ん中で引っ繰り返りでもしたら、まず三人とも助からないであろう。私自身はそれでいいにしても、彼らを巻き込むのも申し訳ない。二人行く分には支障がないとわかっているのだから。

それならわしはええから、先生、爺さんといっしょに湯に行きゃんせ、と婆さんも勧めたが、いや、私は水浴びで充分、とこれも遠慮した。たらい舟の航行については少しく興味があったので、水浴びがてら、二人を浜辺で見送ることにしたのだった。

静かな宵であった。

私は手拭いを持ち、着ているものをすべて脱いで、湖に入った。ありゃよー、と婆さんが笑った。爺さんは立って櫓《ろ》をこいでいた。ちゃぽん、ちゃぽん。その控えめな音の水面につくる航跡が、沖へ行くにつれ次第に長くなり、月の光がそれを照らした。遥か対岸には、一つ二つ、燈火が見える。ふと、泳いでついていこうかと思ったが、それもまた却って面倒を引き起こす、余計なことのように思えて、私は立ち泳ぎをしたまま、彼らが遠くなるのをぼんやりと見ていた。爺さんの操船は慣れたもので、見る見るうちに遠ざかっていった。しかし雨の日、風の日、舟を出せない夜も多かろう。温泉に行く夜、というのは、彼ら二人にとってもうれしい道行きに違いなかった。途中から、もう彼らの姿は目で追えなくなった。

私も水から上がり、絞った手拭いで体を拭いた。

翌朝、未明から雄鶏の声がけたたましく、しまいには私の寝ている部屋の敷居の外で朗々たるこけこっこうをやるので、仕方なしに起きれば、その気配を察したらしく、すかさず婆さんが勝手の方から、顔洗ってこんかね、と叫ぶ。

前庭に出て、雨水桶から手桶に水を汲み、顔を洗う。朝靄がそこかしこにまだ残っている。

この島の名は、遅島という。

日本列島、大小あまたある島々のなかでも大きめの、そして南寄りの島の一つだった。緯度的には南九州とほぼ同等であるが、黒潮の傍流が周辺海域を流れているので、島の低いところの植生は南西諸島とそれほど変わらない。また南西諸島よりは遥かに本土との距離も近く——本土側の海辺に立てば、よほどの悪天候でないかぎり、いつも陸地が見えている——行き来も容易である。大きさの割に、それほど人口が増えなかったのは、差し当たって最寄りに大きな都市がなかったのと、山がちで、人が多く移住するには今ひとつ利便性もなかったせいであろう。島全体は右向き、つまり本土側を見つめたタツノオトシゴのような形状で、南北を貫いて背骨のように山脈が連なる。タツノオトシゴの頭部、ちょうど目に当たる辺りが湖、である。そこからほぼ真下に降りた顎の辺り、つまり湾になっている部分の北は、この島で一番大きな集落になっており、本村と呼ばれている。本村からここまではずいぶん急峻な山道を上がらねばならない（が、島の反対側、タツノオトシゴの尾部分の断崖絶壁に比べれば、いかほどのこともない）。本村という集落自体も、石積みで補強された段々の上に伸び上がってできているような広り方をしており、沖合いから見れば、ひな壇の上に家々が勢揃いして並んでいるような格好である。温泉はその本村の一番上部に位置する家からさらに山を登り切った場所にある。その先が湖、さらにその対岸が今私のいる家のある辺り、「龍目蓋」である。ここまでくると、すでにタツノオトシゴの額の辺りになる。山奥であるはずなのに、潮の香りがどこかからか漂う。山と海の距離が極端に近いのだ。

浜から採りたての海藻の味噌汁は、ぷちぷちとした歯応えで、噛むたび磯の香りがした。

「今日も暑くなりそうですね」

すでにミンミンゼミがやかましく鳴いている。

「ほうよねえ」

婆さんの名まえはウネという。ウネさんは丸顔で、小芋をいつまでも土に埋《い》けておいたような、皺の多い顔をしていた。家から海の方へ少し下った辺りに小さな段々畑を持っており、そこで菜っ葉や芋類、瓜などをつくっている。今朝もそこから浜まで降りて、海藻を採って来たのだろう。

爺さんの名まえは嘉助といい、今日のように晴れた日には早朝から沿岸で漁をしている。若い漁師たちに混じって、トビウオの群れを待ち、追いかけている。

二人の間には女の子が二人と男の子が一人あり、いずれも本土に出ていた。女の子二人は結婚し、それぞれ子どもが二人ずついる。夏休みに入ったので、長女のところの子どもたちが二人、遊びに来ることになっているらしい。どちらも男の子である。楽しみですね、というと、

「つかれるわなあ。ほやけど」

ウネ婆さんはこの島の真ん中ほどにある、屋城という集落の出身である。屋城には係累が多いらしく、歩いて半日ほどの距離だが、船を使い、タツノオトシゴの胸部分を顎

まで上がり、本村に上陸してここまでやってくる。そうすると数時間ほどですむ。

この島で最も高い山は紫雲山で、標高は千二百米《メートル》。タツノオトシゴの腹の辺りにあり、南北に連山を形成している。南方に胎蔵山、北方に吊峰、谷島嶽、黒森……と、八百米前後の山々が続いている。太古の昔の地殻変動で、山脈の上の部分だけを残し、あとは海に沈んだのだろう。平地はあまりなく、僅かばかりの平坦地に、人びとは家を建てる。

「先生、きよはどっちへ」

きよ、は人の名にあらず。今日、の意である。

「影吹の方へ行くつもりにしています」

影吹は、タツノオトシゴの後頭部にある村である。外洋に向かい、島内では比較的広い平地を擁するので、海路では本土から距離があるにもかかわらず、島では二番目に大きな村になっている。その村自体が目的なのではなく、その村への途中の峠、季節風の影響を受けやすい辺りの植生を見ておこうと思ったのである。

私は文学部地理学科に所属する。大学の夏期休暇を利用して、現地調査でこの島を回っていた。人文地理学というのは、遺跡も調べれば歴史も調べる、統計も取れば植生も調べる、場合によっては民話も採集する、というよろずやのような学問であった。

植生も、植物学者が研究論文にするつもりの本格的の調査なら、一平方米辺りずつ、丹念に調べなければならない気の遠くなるような作業なのだろうが、私はその専門ではないから、植生によって気候の大まかな特性がわかればいいくらいの気楽さである。年中黒潮の傍流に洗われているような島であるから、下ではビロウも生える、高度によってはブナも生える、ブナとアカガシの混交林も見られるという無節操な植生であった(が、これは実はそれほど節操がないというわけではない。比較的低温に耐える暖温帯のアカガシと冷温帯のブナの推移地帯というだけのことである)。

影吹に行くのなら、爺さんの船に乗せてもらうのがいい、とウネさんはいうが、島を歩く、というのも目的のひとつなのだというと、気の毒そうな顔をしてため息をついていた。私の直面するであろう難儀を見越していたのだろう。

龍目蓋の家を出るとしばらく坂を上り続け、上り切ると右手の木立の間から海が見えてくる。

それから海に沿った形でしばらく歩くが、途中から道が細くなり、両側からサルトリイバラや、葦などが道に迫り出してくる。斜面に群生して葉をてらてらと眩しく日に光らせているヤブツバキはまた、丸々とした実をつけている。これが胡桃か何かのように食えるものであったらどれほどいいか。右手の草木、ハマヒサカキの獰猛なほどの勢いはどうだろう。しみじみと見渡す。

やがて大海原が見えてくる。海面は穏やかで、沖合、空との境が容易にわからぬほどゆらゆら茫漠としている。それを見ていると、暑さのせいで気が遠くなりそうだった意識が、しばし彼方でまどろむ。トビが、頭上遥かにピーヒョロと鳴く。立ち止まり、麦わら帽を外し、手拭いで頭周りの汗を拭く。

水平線近くを、外国周りの船が行く。

白い入道雲が、小さな茸のようにぽつんぽつんと湧いている。

何か、いいようもないメランコリックな気分に襲われる。南の過剰な紫外線が作用するのだろう。

腰を下ろし、水筒の水を飲みながら、山の斜面を見渡す。昨日のカモシカが出てくればいい、とどこかで期待している。そう、カモシカが出たのである。

野良犬ならぬ野良ヤギの多さに驚きながら、本村の民家の調査を終え、帰途の山道を登っていたときのことである。最初は群れから逸れたヤギかと思っていた。けれど違った。カモシカであった。臆病なはずのカモシカが、じっとこちらを見て微動だにしなかった。崖の上の方にいたので、下の方から生えているカシノキやモチノキの樹冠の辺りが体の大半を隠していた、それで安心していたのだろうか。

この辺りがカモシカの棲息する南限であろう。この島にカモシカがいることは事前にわかっていた。島を標高で高低と分けると、高部をカモシカ、低部をヤギが棲み分けている。ヤギは比較的近年島に運び込まれたものだが、繁殖力旺盛で低地の断崖から開けたところに多く棲み、住民の分布と重なるところも多々あり、風の強い日には民家の座敷に上がって座布団の上に座っていた、という話も耳にしていた。ヤギは物怖じせず、厚かましく、そして増える増える。カモシカはますます高地へと追いやられて行くであろう。

しかし昨日のあのカモシカは、何の理由があってこんな下の方まで越境して来ていたのだろう。そもそも何故シカがおらず、カモシカがいるのか。カモシカが日本の自生種であることを考えれば、南限としてこの島に棲息していることは、非常に意味深いことといえる。南九州辺りでは、ほとんど見かけることもなくなったという。

島の下手の方、海に面した民家は、さすがに強い海風を避けるため、石積み囲いの中に、軒低くつくってある。その辺り海岸沿いの日当たりのいい丘にはやたらとビロウの木が目だち、その葉で屋根を葺いている家も多く見受けられる。巨大な扇の形をしたその葉先は、端から急に房のようにひらひらと枯れ色をして垂れ、それが南国的情緒を醸し出している。が、もちろん、本土でよく見られるように葦で屋根を葺いている家もあれば、杉板の上に重石を載せている家もある。この島の、地域による民家のつくりの顕著な違いは、住むものたちの気分にもそれぞれ排他的なものを生み出すのではないかと単純には思われる。私が今まで仄聞する限り、たしかに行き来はそれほどないようで、村々によって、ことばはおろか、習俗まで変わる。同じ島の中で、しかも平面的にはたいした距離ではないのに、その違いは驚くほどである。しかしそれは、排他的敵対関係故、というよりも、むしろ単純に山道が嶮しく交通が不便な故のようである。くわえて上の方と下の方では、気候があまりに違い、そのことが骨身に沁みているこの島の住民たちには、あの辺りではああいう家のつくりになるのは無理からぬこと、という暗黙の相互理解があるように思われる。

たとえば南西諸島には、母屋とは離れた場所に、炊事場部分を別棟として建てる風習がある。それは遥かポリネシアまでもとを辿れる風習である。そこから延々と流れ着いて、南九州本土では二つの棟が合体した形として残っている。いわゆる「二つ家」構造である。内部は一軒家の如く行き来できるのだから、何もわざわざ二軒分の外装をつくらなくとも、大きめの家を一軒建てればよさそうなものだが、あくまでもそれぞれの屋根を持った二軒が軒を接しているという形式をとるのである。なんとも不思議なものだが、南方文化が流れ着いてこうなったと考えるとしっくりくる。この島ではその二つの形式が二つとも見られる。

小休止終わり。

また黙々と歩き始める。道は次第に内陸の方へ上っていき、すぐに小暗い森の中に入る。

島、というのは盆栽仕立てのようだ、とは、ここに来たての頃、しみじみ思うことであった。人工的、というのではない。むしろ生命力が横溢していて爆発せんばかりだ。盆栽、というのはつまり、何もかもが凝縮しているかのごとく小づくりなのである。木々も道も動物たちも。そこに、濃い何かが充ち満ちている。

ヤブツバキ、カシノキの仲間、カナグギノキ、ハイノキ……。やがて明らかに鬱蒼とした照葉樹林に入った、モッコク、イスノキ、スダジイ……と思う間もなくまた開けて、だがもう海は見えない。左手の谷間には、七、八米はありそうなヘゴの木の林が生い茂っている。先史時代の森を見る心地である。

それから、道は曲がり、くねり、急坂の上り下りは頻々と変化し、直線にして五十米に過ぎぬと思われる距離をその十倍ほどかけて移動しているようであった。白っぽいアサギマダラが、優雅に羽を動かしながら暗い林に消えていく。山間に轟く、ウシのような鳴き声はカラスバトだ。意識はそれを楽しむのだが、足は重く、汗で濡れた衣服も体に重く、疲労困憊の体で情けなく足を進める。

ウバメガシの緩やかな斜面が、内陸の方に向かっている。汗を拭いながら顔を上げ、ふと、その端にあるものを見て、あっけにとられる。西洋風の家なのである。

これは何かの間違いだろうと唖然とする。だが西洋館である。木造で、コロニアル様式をしている。ぐるりと石垣に囲まれ、それだけ見ていると本土の山手の景色である。が、まわりの鬱蒼とした樹木の濃さに我に返る。

どう考えても、ここにあれをつくるのは無理だと思う。しかしそれでは目の前にある、あれはなんだというのだ。建材その他、運び込むのに、影吹の港から細い山道を使ったというのだろうか。

あっけにとられつつ、ちょうど現れた分かれ道を、その西洋館へ行くと思われる方へ取る。

それほど高いものではないが、屋敷をぐるりと取り囲んだ凝灰岩の石垣が不躾な侵入者を拒んでいた。石垣には濃い緑のイタビカズラがしっかり根を巡らせ張り付いている。西洋でいえばさながらツタの絡まるレンガ壁という具合であろう。だがここはこういう島であるので、レンガではなく凝灰岩で、ツタではなくイタビカズラなのだ。

西洋館は木造で、窓枠が白く塗られていた。見えるのは二階の窓だけであるが、その一部は開いており、カーテンが風に揺れていた。誰かいるとしか思えない。門扉は閉まっていた。門柱にベルがはめ込んである。ベルを鳴らしてなかに住む人を呼び出すか、しかし呼び出して何とする。こんな人里離れたところに住んでいる、いったい貴殿は何ものかなど、いかにもそれは、端《はな》から相手を狐狸妖怪扱いの居丈高であり、その種の豪胆は、私の持ち合わせているものではなかった。

門柱の前でしばらく逡巡したが、どう考えても家のものを呼び出すほどのさしたる用事がない。道に迷っているわけでもなければ遭難しかけているわけでもない。お宅の家に興味があるからといっていちいち呼び出され説明を求められても、日常生活が脅かされるだけの迷惑な話だろう。それは気の毒だ。

イタビカズラだな、と私はいかにも用事がありそうに手帳に記した。

帰って爺さん婆さんに訊いてみよう、と思った。

そこから影吹へは坂を下ってすぐであった。民家を見学し、図に描き、帰途につく頃には月が上っていた。しかたなく、そのまま村の駐在所で宿を借りた。こういうこともあろうかと、役場を通してことさらに、研究目的で島を調査する者あり、不審な輩《やから》ではない旨、駐在所にも伝えてくれといってあったのだった。

「はあ、せーよーかん」

ウネさんに「西洋館」をわかってもらうのにだいぶ時間を取った。婆さんがあれを何と呼んでいたかというと、「二階屋」であった。

「森肩の二階屋じゃね」

森肩というのは西洋館があった辺りである。影吹の奥まったところから、まっすぐに登ってくれば、あの辺りから本格的な「森」が始まる。それで森方、森肩となったのだろう。それはともかく、そのとき私は初めて(なんとも迂闊なことに)、この島の家屋がほとんど平屋であるという事態を呑み込んだのだった。なるほどあの屋敷の主立った特徴は、二階が立ち上がっているというところなのだった。

ウネさんによれば、「二階屋」は、この島の出身だった本土の酔狂な金持ちが、保養のために建てたということだった。そもそもは夏の季節だけの利用であったが、数年前から、退職した当主が住むようになったのだと。

年中いる、ということは、毎日食事の必要があるということであり、そのための食材の調達先というものがあるはずだ。それを婆さんに訊くと、よほどの時化《しけ》でない限り毎日本土の町へ通う地元の漁師が入り用のものを運んでくる、ということだった。細々と家政婦のようなことをしに、影吹から通っている年配の女性もいるらしい。

「山根さん、やね」

山根さん、というのが、その年配の女性なのだか、当主の名まえなのだかはわからなかったが、これでずいぶんあの西洋館が現実味を帯びた存在となってきた。

「山根さんと話したいちうなら、ステさんにいうてみるがね」

どうやら山根さんが当主で、ステさんが通いの家政婦さんらしい。

「ステさんは温泉でときどきいっしょになるがね」

影吹から、と驚く。今となっては、陸路で村と村を移動するというのが、どれほど大変なことか、私にもわかる。しかしステさんはたまにご主人の船で本村までやってきて温泉に通うのだそうだ。それが唯一の道楽なのだ、とウネさんは説明する。

「ほやで、話はでけるけど」

「それは、願ってもない」

「山根さんもこんなとこやで毎日日が長いやろし、先生と話したら、気もおうて楽しいがね」

そうであったらいいのだが。

今年になって間もなく、研究室の主任教授が亡くなった。研究室を整理しているうち、発表されていない調査報告書を見つけた。教授がまだ学生の時分に、独自に調査していたものだった。だが、その調査項目に植生や民家の形式などはなかった。彼が調査したのは島全体の地名、寺院の遺構の一部のみであった。どうやら調査はまだ終わっていなかったらしい。

私がこの夏の休みを利用して島へやってきたのは、彼のやり残した仕事を補完したいという、殊勝な心がけのみではなかった。報告書に目を通すうち、この島そのものに心惹かれるようになったのだった。昭和に入ってから、あと数年でもう十年になる。世の中の変化はいつまでもこの島をそのままに留めておかないだろう。

古代、修験道のために開かれた島であった。明治初年まで、島には大寺院が存在していたのである。権現信仰を芯とした教義で、開基から数百年経つうち最盛期僧坊は二十近くを数え、一時は西の高野山と呼ばれるほどの隆盛を誇った。紫雲山法興寺という名であった。江戸末期には、さすがにその勢いも衰えていたらしいが、それでも中世の時代からある七つの寺院は健在だったらしい。タツノオトシゴの、尾の先に至る湾曲した長い岬は、ほとんどこの寺院の敷地であった。

西国島嶼名勝図会《さいごくとうしょめいしょうずえ》には、周囲を波に囲まれた、そそり立つような断崖絶壁の上、厚く茂った木々のそこここに、伽藍や塔や、瓦屋根が見え隠れしている図が残っている。岬の端に立つ、江戸時代中期に建てられた五輪の塔などは、まるで燈台のように、沖を行く船の標となったと註がしてある。そういう遺構が、今はすっかり藪になってしまった山の中の其処彼処に、（報告書によれば）突然現れるのらしい。遺構はしかし、藪の中にばかりあるのではない。地名にも現れる。まだ寺院のあったタツノオトシゴの尻尾部分には行ってみないが、さぞかし山また山の、荒れ果てたところであろうに、護持谷、権現川、胎蔵山、薬師堂、等々の名が、報告書には出てくるのだ。読んでいるうち、その地名のついた風景の中に立ち、風に吹かれてみたい、という止むに止まれぬ思いが湧いて来たのだった。決定的な何かが過ぎ去ったあとの、沈黙する光景の中にいたい。そうすれば人の営みや、時間というものの本質が、少しでも感じられるような気がした。

私は一昨年、許嫁を亡くし、また昨年、相次いで親を亡くしていた。

龍目蓋《たつのまぶた》——角小御《つののこみ》崎《さき》

アコウ／ニホンアシカ　モノミミ

翌日は雨であった。

恐ろしいくらいの意気軒昂を誇っていた真夏の庭の植物たちが、憑き物の落ちたように素直になって、天の恵の滴を受けている。外へ出られないので本を読もうとするが、あまりの屋内の暗さに、日中だというのに灯りを必要とするくらいだ。雨粒の一滴一滴が葉を打つ、そのたびに葉が揺らぐ、それで庭中の植物が神妙に揺れている。一旦それに気づくや否や自分が急激に小さくなって、とてつもない揺らぎの世界にいることを感得する。万物が雨に打たれ、少しずつ揺らいでいる。自分も揺らいでいる。植物の気持ちがわかるようである。

ウネさんは溜まっていた繕い物をし、嘉助さんは網の手入れをするといって浜の番屋へ行った。ウネさんは繕い物をしながら揺らぎ、私は横になりながら揺らいでいる。

朝から続いていた雨の勢いは、次第に小やみになるどころか、どんどん強くなり、やがてバケツをひっくり返したような凄まじさになった。海洋性気候ここに極まるか。次第に不安になる。

一体、雨というものはこれほど降っていいものであろうか。

不安になったまま、ウネさんに声をかける。返事がない。雨の音にかき消されて、聞こえないのだ。立ち上がり、ウネさんを呼びつつ隣の部屋を覗く。ウネさんは外の雨などまるで意に介さない風で針仕事を続けていた。近くまで寄って、私の姿が視界に入ったらしく、ようやく顔を上げた。おや、先生、と顔と口元がいっていた。私は外を指さし、口の形だけで、すごい雨ですね、と伝えた。はあ、と、ウネさんは初めて気づいたように外を見た。そして人に安心を与える笑顔で振り返って私を見た。こんな雨などなんということはない、心配するな、ということであろう。そうこうしているうちに雨も少し劣勢となり、ようやく話す言葉が聞こえる程になった。

「いや、すごい雨ですね」

「いつもこうじゃし、驚かんわあ」

嘉助爺さんはだいじょうぶだろうか、と訊くと、なあにだいじょうぶだと答える。ただ待っていれば、雨は必ず過ぎ去る、とのこと。

「いつも、ですか」

「いつも、じゃなあ。わしが生まれたときからこうじゃったなあ」

「では、もう、何百年も、いやもっと、このようであったわけですね」

私が半分冗談も交えてそういったのだが、ウネさんは至ってふつうに、

「ほやねえ」

と応じた。

「ここ辺りは風がきついで、ええけど、森肩の、二階屋のあたりは、はあ、ウンキが上がってきて、どもならんがねえ」

ウンキというのは、温気、倦気、熟気、蘊気、すべての当て字が必要なような、この島の照葉樹林帯特有の湿度と高温の織りなす気配である。人びとは「ウンキ」を嫌い、「ウンキ」を避け、「ウンキ」を畏れて生活しているように感じられる。それを考えれば、ときにこういう爆発的な雨の襲来は、何かの平衡を保つためには必要なことのようにも思われた。そうだ、この機に雨にまつわる昔話伝説、風俗習慣など聞き取っておこうと思い立った。

「雨の日の言い伝えとか、ありませんか」

ウネさんは、縫い物の手を止め、こちらを見た。不満があるわけでなく、どんなものがあったか、自分の脳内を探索しているのだと思われる。

「ほやねえ。先生が聞きたいゆうんは、あれかね、雨坊主のがいいんかねえ」

それがいいです、と身を乗り出して応じる。

「昔は、こういう雨の日は、よく海から雨坊主がやってきて、縁先にずらりと並んでおんおん泣いたというてたもんやけど」

「雨坊主とは」

私は書き留める紙と鉛筆を、横目で探しながら訊いた。

「時化のとき遭難した船子たちじゃね。こんな雨になると、陸《おか》に上がりやすいがねえ」

探し当てた手帳に、雨坊主、と記しながら、

「どうするんですか、縁先に、そんなものたちがずらずら並んで……」

「なに、雨が上がったらまた去《い》んでしまうがね、それはそれでええけど……」

雨坊主は各戸にそれぞれやってくる。なぜその家に来るかというと、やはりそれなりの縁があるからだという。濃い縁もあれば――親戚の誰それ、遠い先祖がようやく辿り着いた、云々など――薄い縁、それこそ袖振り合うような縁もある。

「そいやから雨坊主が来たら話聞いてやらんと、ほんまはいかんのじゃというけどもねえ」

「そんな亡者の話を聞くなど、いったいどうやって」

「昔は、いたさ、聞く人が」

ウネさんは、私が今まで聞いたことのない素っ気ない声でいった。

「けどもぅ、雨坊主も出て来んしねぇ」

「どうしてですか」

「来たって、話も聞いてもらえんのじゃし……」

ウネさんの話は堂々巡りで要領を得なかった。だからどうして、と訊きたかったが、なぜかそのとき、それができなかった。

午後になると雨はすっかり上がった。雨雲は東方遥かに去りゆき、当分は海も凪いでいるだろう。それで、下の浜からボートを出すことにした。下の浜へはウネさんの畑の横を通って行く。

ウネさんのささやかな畑には、茄子、胡瓜、苦瓜、南瓜、大豆、玉蜀黍、それに百日草や鶏頭の花なども植えられている。周囲には、ヤギよけの低い石垣がしてある。その向こう、海側に、下へ降りる段々が続いている。高低の一つ一つ違う、磨り減った段々にはヤギの糞がそれぞれ一段一段律儀に載せてある。その下りぶりは紆余曲折を経ながら——つづら折り、などという瀟洒なものではなく——さらに途中、頑健な蔓植物たちが小径を覆い尽くさんばかりに両側から腕を伸ばし、通行の邪魔をするが、そういうものも振り切って降りれば、やがて岩がちの小さな砂浜に出る。砂浜は、タツノオトシゴ形のこの島のてっぺん、小さな角部分の根元に位置しており――角部分はわかりやすく角小御崎と呼ばれている――入り江になっている。そこには古ぼけたボートが一艘上げてある。もともとは入り江付近で婆さんたちがアワビやウニなどをとるための舟であったが、皆高齢で亡くなり、ウネさんも腰を痛めてからは潜らなくなり、最近は使う者となく、風に曝していると傷む、せいぜい使ってくれ、といわれていた。では折りをみてこの辺り、海辺の植生の調査に使わせてもらいます、と、いったきりであったが、やっとそのときが来たのだった。出かける寸前、ウネさんから、船に乗るに際しての注意を受けていた。

「こまい船やが、船霊《ふなだま》さんはちゃんとおるし、乗るときはちゃんと頼まんとあかんよ」

「ふなだまさん、ですか」

慌てて手帳に書き込む。

「ほう。この島の、どこの船にも船霊がおるよ。船大工は船霊さんをつけて、仕事を終えるからねえ」

「船の、どこに?」

神棚のようなものがあればいいが、小さい船ならそんなものがあろうとは思われなかった。

「ほれは、誰も知らんのよ」

「は」

「それは知ったらあかんの。けど船のどっかに入れてるねえ」

「それは、お札のようなものですか」

「いいんや、女の子の髪やったり、櫛やったり、歯やったり、いろいろやねえ」

荷物をボートに乗せ、波打ち際まで引きずる。それから、船のどこかに潜んでいる「船霊さん」に手を合わせる。

飛び乗って、立ったまま、長い一本の棒のごとき櫓《ろ》を両手でつかみ、それで海底を蹴るようにして前に進む。透き通った海水が、砂を洗うのが見える。砂粒の一つ一つまではっきりと輝く。沖にいくに従ってその海水が、浅葱《あさぎ》色から濃い群青へ、青の階梯を進んでいく。それは、水平線の彼方まで。

ニライカナイ。

ぼんやりしていると、いつのまにか沖へ流されているのに気づく。

一瞬目を閉じ、体に力を込めて舳先《へさき》を陸の方へ向ける。

海岸線の植物相が一望である。葉の厚い照葉樹のウバメガシなどに混じってヘゴの木もある。ひょろひょろとした幹の先に、巨大なシダの葉を、放射状につけたような、奇天烈な姿をしているヘゴの木を見ると、いつも、自分がまるで太古の昔にいるような妙な気にさせられる。

それからアコウの木である。

たいていの植物は、大地に種子が抱《いだ》かれて水分と適度な日照が保証され、根を出し芽を出すものである。だがこのアコウは、とにかく空中高くとっかかりのあるところに着床し、そこから「生」を開始する。たとえばすでに大木となっている木の股、岩の上、どこでもかまわぬ、鳥が自分の種を運んでくれたところなら、そして高くさえあれば、不平をいわない。己のいる場所から、長い長い根を、タコのように幾本も地面に下ろす。その間空気中に曝されるので、この根を気根、と呼ぶ。もしその踏み台になるところのものが生物であれば(つまり、樹木、ということであるが)、長い年月をかけて、その生物を覆いつくし、呼吸を出来なくさせ、死に至らしめる。ゆえにアコウは「絞め殺しの木」と呼ばれる。鳥がそこに種子を含む糞をしたとき、それはアコウの、「長い年月をかけて、おまえを殺す」という宣言なのである。

しかし、アコウが宿り木などの寄生植物と違うところは、この踏み台の木そのものから養分を取るのではないというところである。あくまで踏み台、上に乗っているだけなのであって、養分は地面に到達している気根を通して、大地から吸収しているのである。

崖上の大岩の上に棲み着いたアコウから気根が幾本も、まるで大岩を網で保護、その場から動かぬようがんじがらめと踏み止まらせているかの如く取り巻いているさまなど見ると、立派に防災の役割を担っていると感心するのである。

アコウがなぜ、そんなに「高い」位置から「生」を開始したいかというと、暗い照葉樹林、亜熱帯林のなかでは、地面に着床して芽が出るのを待っていたところで、その可能性は絶望的なのである。発芽には、是が非でも日光が要るのだから。そこでアコウはとりあえず確実に日光が降り注ぐ場所を「誕生の地」に選んだのだった。これは画期的な戦略だった。

アコウの大木、巨樹、老大樹、と称されるものは、必ずすでにその踏み台を「殺し了《お》え」、跡形もなく消滅させており、かつてその「踏み台」の周囲に複雑に張り巡らせた、脈管のような気根の集合体で形成された「幹」だけが残っている、そういう状況を生きているものである。

ボートで入り江に漕ぎ出せば、切り立った低い崖から、そういうアコウの木の根が、岩肌をがっしりと食いとどめて、波の誘いで岩が海に落ちることのないように番をしているのが見える。

国というもの、人のつくる社会というものも、こういうものではないか、とふと思った。何かの上に乗っかって、それを守るかのように法令をつくり、巷では暗黙の規則を張り巡らせて、乗っかったものは大きくなるが、気づけば中身は虫の息、それでも外側の機構だけは確実に成長を続け、形は崩れずなんとか持ちこたえている。文字通りの形骸化。だがそれもまた、運命のしからしむるところなのかもしれない。虫の息でも、中身は当面、生きていられるのであるし。

角小御崎の向こう側の入り江から沖合は岩礁になっており、その岩礁にはニホンアシカの群れが棲んでいるという。仔を産む季節だけ、冬期だけ、というのではないかと訊くと、年中いる、愛想のいいやつらで、ときに漁船とともに泳ぎ、こちらに歯茎を見せるほどの笑顔を向けることもあるということである。私はまだ見たことがない。が、嘉助さんもそういうことであるし確かだろう。

さらにその向こうの入り江には(これもまた私はまだ見たことはないが)、ウネさんの証言では河童もいるということだから、動物相としては総じてまずまずの豊かさを誇っていた。

角小御崎を越える。ニホンアシカの棲むという岩礁には、このとき、総出で漁にでも出ていたものか、何もいなかった。

角小御崎の突端もまた、岩礁となっているが、その上方、クロマツとビロウが不思議な調和を見せて生い茂っている小藪のなかに、無惨に叩き割られた人工物の廃墟のようなものが見えた。自然に朽ちていったというようなものではない。誰かが、はっきりとした害意を持って壊したものだ。

あとで陸伝いに確かめることができるだろう、と思った。

ボートから降りて、帰り際、そこへの道を探ろうとしたが、豈図らんや、陸伝いには全く行けない、道などないということが判明した。無論、無理に藪をかき分け虫やヘビに脅かされながら辿り着くことも可能だったかもしれないが、まだ何ものとも知れぬ廃墟に対して、そこまでする程の情熱もなかった。


「角小御崎の先っぽの、はあ」

この日の夕飯時、私がその廃墟のことを訊くと、ウネさんはしばらく口を濁していたが、嘉助さんは屈託なく、

「あそこは、モノミミさんがおいやったところじゃ」

「モノミミさん」

私がそう繰り返すと、ウネさんはのろのろとした口調で、

「もうずいぶんまえのことになるねえ。私らが子どもの時分のこと」

「モノミミさんとは」

「病気を治したり、探し物を当ててもろたり、死んだ人からの伝言を伝えたり、そん

なことする人のこと」

いわゆる、南西諸島のユタ、ノロに当たるものなのだろう。しかし、そのことについては教授の記録にもなかった。修験道で有名な島なので、まだ他の信仰形態があろうとは想像もしていなかった。軽く興奮しながら、私はふと、今朝の雨坊主の話を思い出した。

「もしかしたら、雨坊主の話を聞いていた、というのは、そのモノミミさん、ですか」

「そう」

「今もまだそういう方達はご健在ですか」

今度は、嘉助さんもウネさんも一瞬黙って、

「いやあ、もう、誰もいない、いない。そんなこと、昔のことじゃでね」

まるで、そういう人間がいるのは、文明から遠く隔たってあることの証左である、と、私が結論するとでも怖れているのだろうか、と思った。それで、

「いや、僕はそういうものこそ、ひとの精神の豊かさの現れと、思っているのですがね」

思わず、普段この二人との会話では使わぬ抽象的な言葉を使った。珍妙な沈黙がしばらく続いたあと、

「先生、お代わりいらんかね」

ウネさんが飯碗を指した。

龍目蓋《たつのまぶた》——森肩

珊瑚樹／ミカドアゲハ　灘風《なだかぜ》

この島に、そういう民俗宗教があったということは意外であった。修験道の島、しかも何百年も続き極めて組織化された修験道の。それが一瞬にして拭き取るように消されてしまった、という事実だけが私の頭にあったのだった。

明治初年、廃仏毀釈の嵐が全国に吹き荒れた頃、その怒濤のような勢いの先頭に立って廃仏を指揮していたのがこの島のかつて属していた藩の出身者たちで、その膝元のような場所にあってみれば、五百年以上続いた寺院とあっても、いやそれだからこそ、全国に対する見せしめのために、徹底した破壊が行われたのだろう(私はこのときそう思っていたのだが、後に事情はもう少し違うということを学んだ)。

幼い頃に学んだ小学校校舎が、取り壊されるのを見たことがある。

自分が毎日通い、掃除もし、敬うように教えられた机や教壇、校長室の壁などに至るまで、取り壊し屋の手にかかって無惨につぶされてしまった、あのとき、自分のなかの何かまでいっしょにつぶされた思いがした、そのことを覚えている。後年、たまたま研究室の仲間とともに調査に出かけた村で、水害が起こった。流されていく自分の家を見て、大の男が身も世もなく号泣するのを見たとき、私は自分の学校が取り壊されたときのことを思い出し、彼は今、自分の存在の根幹をなすところのものが、暴力的な力で根こそぎ奪われていくような思いなのだということを察した。

が、寺びとが、その仏具ごと、寺そのものを破壊されるというのは想像に余る。自分の信仰、自分の拠って立つところのもの、自分の糧、誇り、生活、それらすべてが一瞬にして否定され、破壊されるのである。ふつうなら、抵抗して当然の話だ。外国の例を俟《ま》つまでもなく、島原の乱を見よ、一向一揆を見よ。ひとは信仰のためには武器をも持つものではないか。

暴虐のかぎりが尽くされるのを、寺院側は何の抵抗もせず、大人しく見ていたのだろうか。ひとの心の奥の、精神的なものに対するこれほどの破壊行動はあるまい。武器を持ってでも抵抗すべきだった、というのではないが、その辺りの葛藤がどうなっていたのか知りたかった。興味、というような悠長なものではない、むしろ、底知れぬ地の穴にともに引きずり込まれるような喪失感への共鳴が、自分の身のうちのどこからか響いて止まず、なんとも息が詰まるような切羽詰まった不安に後押しされ、取り縋るように、私はそれを知りたいと思うのだった。切実に、思うのだった。

数日後、ウネさんの手配で森肩の山根家を訪れた。

その時間、行くことを知らせてあったからだろう、イタビカズラの絡んだ門が開いていた。敷地に足を踏み入れると、そこには珈琲の香りが漂っていた。実に久しぶりの珈琲の芳香であった。まさかこの島で、と、その香りに陶然としつつ、辺りを見回す。庭には年を経たソテツが生い茂っていた。玄関の扉をノックすると、奥から返事があり、内側からドアが開いた。

「どうぞ、お上がり下さい」

私より年配らしい、書生と執事の中間くらいの顔つきをした男が、穏やかな笑みを浮かべて立っていた。内部は、木の柱が剝き出しになっているヨーロッパの田舎家風のつくりで、内廊下には不思議な——幻想的な油絵が掛かっていた。書生氏は、内廊下を右へ、つまり西側の部屋のドアを軽くノックし、返事を確認してから開け、

「いらっしゃいました」

と奥へ声をかけた。そして私の方を向き、うなずいて、入るように促した。

部屋は思ったより明るかった。窓が広く取ってあったのだった。逆光になっていたが、山根氏と思しき人物が椅子から立ち、にこやかに頷きながら迎えてくれた。長身痩軀といえばそうだが、それでいながら骨太、がっしりした印象のご老人である。白髪に白い

ひげを蓄え、それだけ見ると絵に描いたような仙人の風であった。

「どうぞ、こちらにおかけ下さい」

声をかけられ、挨拶の言葉を、と、一瞬窮し、

「今日はお邪魔をしまして」

頭を下げながら、いわれた椅子に腰をかける。

「ステさんがまた、湯治場から楽しい話をもってきてくれて」

自らも椅子にかけながら、山根氏は愉快そうだった。

「先日、お宅の前を通りかかって、その西洋風の外観があまりに印象的だったので、帰ってから世話になっている家の婆さんにその話をしたのです。そうしたら、この家に出入りのステさんと知り合いだということで……」

「K大学からいらしたそうで」

「ええ」

「もう何十年も前に、同じようにK大学からきていた研究者がいたようですが」

不思議なものである。こう聞いた途端に山根氏が旧知のように打ち解けて思われた。

「それは佐伯教授だと思います。お会いになられましたか、そのとき」

「いや、私は若い頃から外国航路の客船に乗っていたので。たまに日本に帰ってきたとき、父からそういうことを聞いたことがあります。そのことを今、ふと、思い出し

た」

「外国航路。それはまた」

「あまりに長い間、海ばかり見ていたので、残りの人生は山の中で過ごしたい、けれど少しは海も見えた方がいいかもしれない、そういうことをあれこれ考えているうちに、ここの家のことを思い出したのです。この家は父親が羽振りのよかった時分に建てた家で、私も学生時代に夏を過ごした思い出があった」

「そうでしたか」

再びドアがノックされ、先ほどの書生氏が珈琲を持って現れた。彼は両手に盆を持ち、ドアを開けたのは初老の女性である。こちらを見て、笑顔で会釈する。さてはこれがステさんかと思い当たり、立ち上がる。それを手で制するように、

「座ったままでおいでください。ウネさんにようういうてください」

それだけいうと、私には何もいわさず引っ込んでしまった。仕方なく、もう一度座り直す。

「あれがステさんです。そしてこれが岩本君。一人で引き込もるつもりだったのだが、ここへ来た日から足を悪くして、ちょうど船を降りて職を探していた彼に、しばらく来てもらうことになったのです。にしても、ステさんはどうしたのかな」

岩本氏は軽く会釈し、

「ステさんは今、カメムシ退治にやっきになっているので」

カメムシ、と、私も深く頷いた。

「多いですね。しょっちゅう見ます」

「今年は特別豊作です」

といいつつ、山根氏は、たいして困っているふうでもなかった。

「足がお悪いのですか」

ええ、と、山根氏は傍らのステッキを指し示した。

「ここに来るときは、それほど悪くもなかったのですよ。ここに住み始めてすぐ、足が悪くなった。本土から巡回してくる医者に診てもらっているのだが、はかばかしくありません」

「そうですか。あまりご不自由でなければいいのですが」

「山を登ったりは無理ですが、日常生活ではさほど不便はありません。本も本土に注文すれば、日にちはかかりますが、配送してくれますし。足が悪くなければ、この島もあちこち回りたいのだが。文字通り、足止めを食っている、という状況です。ステさんは、灘風に当たったせいだ、というのですがね。灘風を、ご存知ですか」

「いえ」

聞いたことはなかった、と思う。

「沖で水死した死霊が悪さする風、らしいです。灘風にもいろいろあって——黒灘風、白灘風。あまり害がないのが白灘風。明らかな害意があるのが黒灘風」

「ほう」

「いい作用をする灘風はないのか、と訊いたら、そういうのは灘風ではないのだということです」

「なるほど。山根さんは、その、灘風に当たった、というご自覚があったのですか」

山根氏はおかしそうに笑いながら、

「ないんですよ。風はしょっちゅう吹いて来ましたがね。おどろおどろしい、というのは、私がよほど鈍感なのか、感じなかった。けれど、灘風にやられた、という考え方がまだ健在だったことが私はとてもうれしかったので、足が悪くなったこともさほど悲観していないくらいです」

「そういえばこの間、雨坊主の話を聞きました」

「ああ」

山根氏はうれしそうな声を上げた。

「それは私も知っている」

「沖で水死した死霊、というのは、雨坊主とはまた違うのでしょうか」

「灘風になる死霊と雨坊主になる死霊か。何がその違いを決定するのかな……」

こんな山奥に引っ込んでいるのだから、さぞかし偏屈な人格を想像していたが、山根氏は存外話し好き、人好きの好々爺であった。その「違い」を追うことを諦めたのか、ふと、思いついたように、

「今の宿泊先は龍目蓋とお聞きしましたが」

「そうです」

「立ち入ったことだが、なぜ、そこに？　それほど便のいいところにも思えないが」

「いや、最初、この島の頭から尻尾まで踏査しようと思い、まずてっぺんの辺りから、と、役場に連絡して宿泊を引き受けてくれるところを紹介してもらったのです。あとは随時、現地で探そうと思っていた。が、なんとなく居心地がよくて、ずるずると……」

「そうでしたか。それならここは、龍目蓋より中心部寄り、あなたの次の宿泊地にはぴったりだ。その気になったら遠慮なく泊まりに来て下さい。私も滅多に客がない生活をしているので、岩本君やステさん以外に話す人がいるとうれしい」

これは私にも願ってもない話であった。龍目蓋から寺院遺構、つまり尻尾の方へ行くには歩いて一日以上はゆうにかかる。であるから、調査をそちらの方まで続けるためには、どうあっても宿泊先を変えないとならないのだった。森仕事の人びとの山小屋を借りたり、炭焼き小屋を借りたり、時には野宿覚悟で行かなければならないと思っていた。山根氏が宿泊を許してくれれば、無理な山行もずいぶん楽になる。

「今日明日、というわけではないのですが、そのうちどうあってもこちらからお願いしなければならなくなるところでした。お申し出、ありがたくお受けします」

「では双方に益があるということだ。よかった」

山根氏はうれしそうに破顔一笑した。


遅くならないうちに、と山根氏の家を辞した。会っていて気持ちのいい、海の男というには細やかさのある、不思議な魅力の老紳士であった。こういうこともあるのだな、と思いつつ帰路を急げば、目の前をミカドアゲハが二頭、睦み合いながらひらひらと飛んでいった。と、間もなく今度はアオスジアゲハと、モンキチョウが、やはり同じコースを飛んでいくのだった。気になって、そちらの方へ歩を進める。道に迷っては大変だと目印になる木に落ちている枝を立てかけながら進む。

そうこうしているうちに、一本の珊瑚樹に行き当たった。無数の花房がそれぞれ小さな花をつけ、満開であった。チョウたちは、この木に魅かれてやってきたのだった。何頭いるだろう。上へ下へ、種類の違うチョウたちが、夢のように群れ飛んでいる。しばらくぼんやりその光景に見とれていた。珊瑚樹の花房が、街燈のようにぼうっと白んで見えた。

気づけば霧が出て来ていた。霧が辺りを這い始めると、やがて必ず深山の匂いがしてくる。

龍目蓋《たつのまぶた》――波音《はと》――森肩

ミツガシワ／カモシカ　カギ家

「今日は、黒森から、波音へ行こうと思っています」

朝食のあと、私は佐伯教授のつくった地図を見ながらいった。

「山へ登りんさるね」

皿を片付けつつ、ウネ婆さんはどことなくうれしそうだった。若い者が旺盛に活動しているのは、彼女にとっては愉快なことなのだろう。黒森は、地図を大まかに見ても標高が八百米《メートル》はある。波音へ行くということは、それより低い土地に住むウネさんたちにとっては、そのまま「山を登る」ということなのに違いない。

「山の上の方にも人が住んでいるでしょう」

「住んどるね」

「生活するのは大変なんじゃないでしょうか」

「大変じゃろうねえ。ほやけど、昔から住んどるがぁ、しようないねえ」

ウネ婆さんはいかにも同情に堪えぬというように表情豊かに答える。

「それにしても、山の中なのに、なぜ、はと、なみおと、という地名がついたのでしょう」

「はて、なんでじゃろう。昔からそういいよるから、じゃなかかね」

甚だ心細い。自力で注釈を試みる。

「暴風の日など、沼の水音が聞こえるのでは」

「ほいはなかやろう」

ウネさんは存外冷静であった。

「お知り合いがいたら、紹介していただきたいのですが」

「はあ、波音ねえ。おるにはおるが」

しばし思案の末、

「梶井さんとこがええかね」

「梶井さん」

「ほや。近頃、兄《あに》が帰ってきちょるちうから」

兄、というのは、文字通りの兄弟のうちの兄を意味しない。その家の息子、若い者、という意味である。私が、若い者相手の方が話しやすいのではないかという配慮だった。

むしろ、土地のことを訊くのなら年寄りの方がいいのだが、と思ったが、まあ、まずその梶井君に会ってみてから、彼があまりここのことを知らぬといえば、知っている人間を紹介してもらうのがよかろうと思った。

婆さんによれば、梶井さんは「波音の、開けた場所」に住んでいるということである。

「日帰りは大変やねえ」

「途中、野営か、森肩までなんとか辿り着いたら、山根さんの家を訪ねてみようかと思います」

「ほいがええよ」

いつのまにかシイが見えなくなった。

シイが生えるのは標高六百米ほどくらいまでだから、ここの標高はそれ以上ということだろう。狂ったように鳴いていたアブラゼミやクマゼミも遠のいて、今はもう、時折カラ類やメジロの声が聞こえるくらいである。足もとの腐葉土、表面に積もる葉の種類が、常緑樹林を歩いていた頃からすると急激に多くなり、そしてまた少なくなる。そういう変化を足元で確かめつつ、もくもくと登り続け、ふと昏くなった、と気づけば、周囲にモミ、ツガが多くなっている。針葉樹の林に入ると途端に色彩が単調になり、暗くなる。黒森、と呼ばれる所以である。遠目から見ても明らかにその辺り、森が黒っぽくなるのである。

前方、膝の辺りの位置に、霧が出て来た。微かに乳色の、巨大な舌のように動いている。見る間に辺りに広がって、あちこちから涌き上がって来たガス、霧の同類と合体、また離れ、一時は滑らかな絨毯のように波打ち、端から文字通り部分部分雲散霧消もする。まるで雲霧林だ。まさしく黒森に入ったのだ。針葉樹が霧をまとっているところは、湿度の問題さえ除外すれば、まるで北の国である。ここがどこなのだか全くわからなくなる。道は、これでいいのか。

目の前を、茶褐色の、何か、植物ではないものが動いた。途端にぼうっとしていた意識が目の前の景色の一点に収斂する。

カモシカだ。

カモシカの、腰辺りだった。それから視点を上にずらすと、しっかりとこちらを監視している二つの目に出会った。するともう、視線をほかに移すことができなくなるのだった。

カモシカはどうしてこう、心の奥まで見定めようとするかのように見つめてくるのだろう。なぜ一目散に逃げないのであろう。人間からそれほどの目に遭ったことがないというのだろうか。この島の人びとも猟はするはずである。ヤギもまた、それほど逃げないが、奴らにはこちらを馬鹿にしているようなけたたましさがある。それに比べカモシカは、曰くいい難い神秘的な気配をまとっている。じっと見つめてくる瞳に哀愁が漂っている。時間が止まったように見合っていると、もの悲しさとしかいいようのないものが、ひたひたと辺りを充たしていく。

許嫁は露西亜風の黒い大きな瞳をしていた。あの何もかも見透かすような瞳で、この世を渡っていくのには、やはり無理があったのだろうか。

私が歩を進めると、とたんにカモシカも前方に移動する。じっとしていると向こうも動かない。そういうことを繰り返していると、いつのまにか地面がぬかるんできた。木々が疎らになり、イネ科の植物の繁茂が見られ始めた。カモシカも見失い、草をかき分けながら進むと、水たまりが見えてくる。沼だ。ガマの群落が見える。私を先導するように目の前を飛んでいるのはリュウキュウベニイトトンボだ。そのリュウキュウベニイトトンボが、ふっと止まった植物を見て、自分の目を疑う。三つの葉が、まるで掌を立てたように上を指している。花の季節はさすがに終わっていたが、これはどうみてもミツガシワのようにしか見えなかった。氷河期の生き残りといわれているミツガシワが、まさかこんな島で見られるとは思いもしなかった。帳面を取り出し、形態をスケッチする。

微かに風が吹いて、霧が動く。その霧の奥の方で、フィーホロホロホロロ、と哀しみを含んだ独特の鳴き声が響いてくる。まるで霧の分子一つ一つにしっとりと反響しているかのようなしんみりとした鳴き声。アカショウビンである。

その鮮やかな全身の緋色が目に浮かぶ。こんな高地まで、といっても彼らも避暑に日本に渡るのだから、この南の「高山」は、案外穴場なのかもしれぬ。渡りの移動にかかる消耗を考えれば。

私がスケッチを終え、さらに沼地の奥へと進むまで、彼の鳴き声は続いていた。

波音の集落は沼よりも標高が低く、島の西側を向いたところにある。下り坂である。この辺り、モミ、ツガの群落はない。アカガシの木立が目立つ。シイも現れ出した。私は梶井さん宅を目指した。道が今までより広くなり、両脇が低い切り通し、赤土がぼろぼろと崩れそうなところを、アカガシの根が止めている。日がな一日、この土の壁を見ていたい衝動に駆られる。さぞ珍しい地虫が行き来するだろう。そう思い後ろ髪を引かれつつ奥へと進んで行くと、急に目の前の風景が開けた。開けたといってもまだ霧が完全には晴れていないので、開けた場所に出た、ということがわかる程度だったのだが、すぐにその霧もとぎれとぎれして、向こうの山の斜面が現れ始めた。それもあっという間に晴れてゆき、雲間から日が射して来た。道はそのまま山の斜面を横切る形についている。しばらく行くと脇道が現れた。この、最初に左手に出てくる脇道、を行くのだということだった。脇道は玉石で組んだ垣で土手を補強してある。その脇道を登って行くと、みごとな茅葺き屋根の家が出て来た。屋根は寄せ棟造り、くの字に曲がった、この島で初めて見る「カギ家」であった。前庭で、丸太を鋸で切っている最中の若い男性がいる。私が気づくと同時に、向こうも目を上げた。会釈して、

「梶井さんのお宅ですか」

「はあ、そうですが」

客が珍しいのだろう、男性はいかにも驚いたようで、

「私、K大学の秋野というものですが、この島の生活習慣などを記録してまわっています。少し、お話を聞かせていただけたら大変にありがたいのですが」

「ほう、それはまた」

鋸を下ろしてこちらを向き直した。

「こんなところまで。どうしてここが」

私はウネさんのことを手短かに話した。すると途端に顔つきが柔和になり、

「ああ、お元気でしたか。私自身は小さい頃しか会ったことがありませんが、そうですか、龍目蓋の……。お役に立てるかどうかはわかりませんけど、まあ、どうぞ」

歳の頃、二十代前半くらいだろうか。私よりは明らかに若いと思われた。ウネさんいうところの「郷里に帰って来た梶井さんとこの兄」であろう。梶井氏は、カギ型、つまりL字型の長い辺に当たる、こちらに飛び出している部分の縁先を指した。横にある栴《せん》

檀《だん》の大木が、涼しげな陰を落としている。どうもどうもといいながら、縁側に腰掛け、ついでに不躾ながら奥を見る。開け放した中は座敷になっている。その奥が中の間であろうか、囲炉裏も見える。梶井さんは、台所の方へ声をかけに行ったようだ。腰をかけながら辺りのようすを眺める。敷地内の端に、山を背にして牛小屋が建っている。

「どんなことを話せばいいのか……」

若き梶井氏は、戻って来ながらそう呟く。私は手帳を取り出しながら、

「ここでのお仕事のことか、生活のことか、それから家の造作のことか、なんでもかまわんのです」

そういう切り出し方は、あまりに漠然としていたのだろうか、かえって梶井氏を当惑させたようだった。そこで、

「たとえば、最前はそこで鋸を引いておられた……」

「ああ、あれはほだ木をつくっていたんです。シイタケの菌を植え付けるための」

庭には三尺ほどに切られた丸太が、小さな山をなして積んであった。

「ほう、シイタケを」

「山仕事です。炭焼きやシイタケ栽培、それから茶の栽培もします」

「茶？」

「ええ。霧が多いでしょう、この辺。茶の栽培には適しているんですよ。大規模なこ

とはできないが、珍重してくれる客もついたし」

「ほう」

そこへ、

「お上がりなさいませんか」

座敷の方から声がかかった。気づかぬうちに地味な綿の単衣に前掛けをした老婦人がいた。

「母です」

梶井氏が注釈を加える。

「あ、これはどうも、おじゃましています」

「今日はまた、遠いところからいらしたそうで。そんなところでは、なんですから、お上がりなさいませんか」

「いえ、せっかくですが、ここが涼しくていい」

実際、そこはちょうど栴檀の木の木陰になっていて、時おり谷底からの風が吹いてくるのを心地よく思っていたところだった。

「では」

梶井氏の母は、茶の用意された盆を縁先まで持って来た。

「あ、これは、恐縮です」

ちょうど喉が渇いていたところでもあった。茶は素朴な香りで馥郁とした甘味があった。

「うまい」

「うちの茶です」

「なるほど、これは客がつくはずだ」

梶井氏もその母もうれしそうに顔を緩めた。この機会に、と思ったわけでもないが、

「すみませんが、この家の間取りを書かせていただけませんか」

「家の中を見たいということですか」

梶井さんはさすがに意外そうな顔をした。こういう申し出をして、どうぞどうぞといってくれる家もあるが、たいていは戸惑われる。病人を抱えた家などは特にそうである。女性たちが、巣の上に雨が降ってきたときの蟻のように慌てふためく。そういう場面になると大変恐縮する。いや、それなら私が書きます、といって率先して間取りを書いてくれることもあるが、たいてい間違った理解をしている。平面図として辻褄が合わなくなるのである。そのことを指摘すると、朝夕慣れ親しんだ自分の家であるのに、と皆驚き呆れるのだが。

「構造を勉強させていただきたいのです。天井のようすであるとか。柱のようすであるとか。むろん、無理にとはいいませんが」

梶井氏は母親と顔を見合わせた。母の方が威厳のある顔つきで頷いた。それで梶井さんも、

「ろくな調度もないので呆れられるでしょうが、お役に立つならどうぞ」

嫌な顔はせず、先に立って中を案内しようとしてくれた。

「いや、土間のほうから拝見させてもらいたいのですが」

「いいですよ。じゃあ、向こうへ回りましょう」

座敷の縁を降りて、内側へ回る。座敷の横部分に踏み段がついているので、ここからの出入りも可能である。つまり、入口になりうる、ということだ。

「その戸口の方から」

座敷がL字型住居の長い方の端なら、その「戸口」はもう一方の短い方の端に位置していた。入ると薄暗く、微かにひんやり冷たい土間の気配がした。目が慣れると、竈や水屋があり、上がりかまちには葦簀《よしず》障子が立ててあった。冬には紙障子に替えるのだろう。

「取り散らかして」

母刀自がやってきてすまなそうにいう。そんなことはない。ないが、どこか懐かしい。

昨年、長く病床にあった父が身罷った。その後を追うように、二カ月後母も逝った。

自身の体もだいぶ弱っていたのだろう。そのことに気づいてやれなかった。いや、気づいてはいたし、休養をとるように、声をかけてもいた。けれどある朝、私が起きるときにはいつもすでに起きて朝食の準備をしていた母が、いつまでたっても起きてこない。嫌な予感がして、寝室を開けると、すでに息をしていなかった。

本当に仲のいい夫婦は一方が死ぬと時を隔てずしてもう一方も、後を追うように、と葬式に集った人びとが慰めのように囁き合うのを、ぼんやり耳にしながら、そう思うほかないかもしれない、と考えた。しかし休養をとれといいながら、平気で母に自分の洗濯物を洗わせ、食事をつくらせていた。そのことが、未だにどうかすると私の脳裏に浮かび、一旦浮かぶとなかなか離れない。

採ったばかりのサトイモやナスなどがおいてある流しを見ていると、母のことが思われた。梶井氏の母親には、そういう母の友人たちの一人のような雰囲気があった。

「この土間のことを、ドジ、と呼んでいます。その続きの間をダイドコロ」

この二続きが、二棟合わさってL字型になる、その一つの棟部分だろう。ドジ、は、土・地、だろうか。ダイドコロとドジで、南九州の二つ家でいう「ナカエ」の部分に当たる。ここのダイドコロとドジは完全に分かれていた。合間に戸が立てられる、というのはしかし、ナカエにはほとんどないしつらえなのではないか。

「どうぞ」

勧められて上がり込む。こういうとき、調度の類いや衣服日常品などにはなるべく目を遣らぬようするのだが、ちらりと見る家具等は古いが由緒あるもののように思えた。暗い中でも使い込まれた艶が光るのがわかった。波音の人びとが平家の落人だという伝説が、あることは知っていたが、私は本気にしていなかった。そういうものは西国の至る所、辺鄙な場所なら必ずといってもいいくらい聞かれる話であるし、だいたい、そういう落人村をすべて認めていたら、いったい平家というのはどれほどの大所帯であったのか、首を傾げなければならないことになる。しかしそのことを噂されるだけの理由があるのだということはわかった。

ダイドコロを出ると一旦板の間に出て、それから正面が納戸、直角に方向を変えて、ナカノマ、ザシキに繋がる。この、ナンド、ナカノマ、ザシキ、が連なって、一棟となっている。ザシキは、先ほどまで私がいた座敷である。

「建ってからどのくらいになりますか」

「八十年は経っていると思います」

ナカノマには神棚があった。それを見ていて、ふと思い出し、

「失礼、もう一度ダイドコロに戻ります」

何やら漠然とそこにも神棚のようなものがあった気になっていた。再度ダイドコロの

壁を確かめると、何かがあったように思っていた場所には、何かを祀った「跡」だけが、壁にくっきりと残っていたのだった。それを頭の中で神棚があったような気になっていたのだった。

「これは、神棚をあちらに移した跡だったのですか」

「いや……。それは実は私もよく知らないのですが……。昔からそんな風で」

梶井氏は口ごもった。

しばらく衣食住のあれこれについて質問した後、もうずいぶん長いこと、彼の時間を取っていることに気づき、丁寧に礼をいい、梶井氏宅を辞した。シイタケ栽培用のほだ木を、虫がいるのか、ニワトリが数羽でつついていた。

そのまま山を下りる格好で波音の集落を歩いた。霧はもうだいぶ晴れ、上空へ上がっていっていた。なるほど集落至る所の斜面に茶の木が多く植えられている。そしてやはりカギ家が多い。屋根にたっぷりと厚く葺かれた茅は、梶井氏の話ではひと山越えたところに共同の茅場があって、毎年順番に一軒ずつ葺いていくとのことであった。

しかし同じ島の家でも、こうも標高によって住む形態が違ってくるものなのか。

霧は下るほどに晴れてきて、やがて日も暮れようかという頃に森肩に差し掛かった。少し躊躇ったが、小径を下り、門を叩いた。ややあって、書生の岩本さんが出てきた。

私を見ると微笑んで、

「秋野さんだろう、開けてやれ、とおっしゃったのです。ほんとうでした」

そのことばに思わずこちらも気が楽になる。

「突然、すみません」

「どうぞどうぞ。お待ちかねです」

上がると、すでに内廊下の突き当たりの窓からは夕日の赤らんだ光が射し込んできていた。岩本さんは立ち止まり、下がっている洋燈《ランプ》に手を伸ばし、一旦外した。

「日が落ちるのが早くなりました」

そして、洋燈を手にしたまま、

「どうぞ」

廊下の西への突き当たりの窓の周囲は吹き抜けの小さなホールのようになっており、二階へと続く階段があった。そこに、簡単な応接が出来るように椅子が二脚おいてあった。その一脚に、山根氏は座っていた。

「やあやあ」

「お言葉に甘えて、早速」

「お待ちしていました」

ふと、窓際に望遠鏡が設えてあるのが目に入った。

「おお」

思わず近寄り、その外国製のレンズに見入った。山根氏は、

「ずっと海にいたので、夜、星を見るのが習い性になったんです。そこからなら、海も見えるし」

「なるほど」

盃に入った水のように、そこから谷を通して海が見えるのだった。

「海には何かいますか」

「ええ、トビウオがね。群れをなして飛んでいるところは、この世のものとも思われない」

「今泊まっているところのご主人、嘉助さんというのですが、トビウオ漁をしています。それでよくその話を聞く。二、三百米も空中を飛ぶのだそうですね。まるで鳥の群れですね」

「この島の人は、トビイオ、といいますね。一度ステさんに見せてやったら、戻って寝ている亭主に教えてやらねば、といい出して、今から家へ帰ったところでとっくにトビイオはどこかに行っている、ということを呑み込ませるのに苦労した」

「はは。いつも船の上で、トビイオが出ないか目を光らせているんだ、って爺さんもいっていましたからね」

「今日はたまたま、そのトビウオが豊漁だったようで、いっぱい届けられたようです」

「そうですか」

そのとき岩本氏がつけた洋燈の明かりが辺りを照らし、急に外が昏くなった。

「岩本君は魚料理が得意です。もともと海の男だから」

「お口に合うかどうか。しばらくお待ち下さい」

賄いは岩本さんの管轄のようだ。

「恐縮です」

ステさんは山道を降りてすぐの集落に住み、週に二回ほど来て、洗濯や掃除をして帰るのだ、と山根氏は付け加えた。だからいないのだ、ということだろうか。

「今日はどちらへ行かれたのですか」

トビウオの刺身をつまみながら、山根氏は気軽な調子で訊いた。私はそのとき、ずっと以前からこういうことをやっていたような、デジャヴュに似た感覚に見舞われた。

「黒森から波音へ」

「面白いものがありましたか」

「ミツガシワが」

「ほう」

山根氏は目を輝かせた。

「北方由来の植物ですね」

「ええ。氷河期の遺物です」

「あの辺りは雪も深いから」

岩本氏も頷いた。

「岩本君は山歩きが趣味で」

「ほかに行くところもありませんし」

それはそうだ、と皆で笑った。

「ああ、それから、波音で民家のつくりを拝見してきました。これが、カギ家なのです」

思い出し、私はいくらか上ずった声であったと思う。カギ家、といわれても大概の人間がそうであるように山根氏もすぐには何のことだかわからないようだった。説明を促すように、ほう、と頷いた、それに乗せられるように、

「この島の、下の方、本村の浜に近い方の家は、母屋と炊事棟が別棟、離れたところに建っているものが多い。それというのはもともと、ポリネシア、ミクロネシア、南西諸島を南から北へ上がって来た様態で残っている形式です。本土では見られない」

山根氏は、興をそそられたときのこの人の常で、瞬きもせずにこちらをじっと見て、

「北欧の小島にも、そういうところがあったと思いますよ。彼らは夏だけそうやって、外で竈を使っていた。万が一火災が起きたときに類焼しないためかな、と思っていましたが、あれは単に、竈が暖房の役も果たしていたので、夏に使うのは暑過ぎたのだな。でも、南の方は、もっとありそうですね。竈ではなく、焼き石を調理に使っていたのではないですか。土に埋める形で」

「そう、そもそも南の島々は、建物ごとが部屋、というような、何棟もの小屋がそれぞれ役目を持つような生活様式ですから。暑いから、風通しがいい方がいいに決まっていますし。ただ、本土にも、その名残のようなものがあります。南九州に、二つ家という形がずいぶん残っている。外から見たら、同じ大きさの、二つの家がくっついたように、屋根が庇を接して並んでいます。構造的にはその庇を接するところ、つまり境界に弱点がある。雨がなだれ込む。故にその境には、雨樋を設置する。内側は、床続きで自由に出入りできる。が、それぞれ機能が違う。二つの屋根のうちの一つは、ナカエといわれる部分の屋根で、ナカエは土間に竈がついている炊事場と、板の間に上がって囲炉裏などがあって、団欒もする。まあ、女性支配の領分です。もう一つの屋根の下は、イエといわれる部分で、いわゆる表座敷ですね。仏壇や神棚などもここにある。男性支配の領分。そういう、ナカエ・イエ構造というのが南九州の民家に見られる顕著な特徴なのですが、少し北へ行くと、この二つの棟がくっついてカギ型をしているものが多くなる。屋根はカギ型に変形しているものの、二つの屋根が合わさっているのではなく、ごく自然に曲がった一つのものです。それが、二つの屋根がくっついて並んでいる二つ家とは大きく違うところです。それから、一つ家が出てくる。文字通り、屋根が一つで、内部は、ナカエとイエが寄り添った形」

「なるほど。民家の構造までは考えたことがなかった。とすると、この島は……」

「非常に、面白いのです」

私は、熱を込めていった。自分の研究していることに興味を持ってくれるということは、私の場合、何よりも心が軽くなるようなことなのだった。

「南西諸島と同じように、別棟分離型があるのが、本村の浜地区。それより内陸部の麓地区は、役人など武家のものが多かったせいか、南九州型のナカエ・イエの二つ家型がよく見られます。そして、なんと、それよりずっと標高の高い場所にある波音ではカギ家、つまり屋根が一つで、カギ型に曲がっている構造の家が多く見られるのです。東日本では中門、曲り屋と呼ばれている形式です。拝見させてもらった家は典型的なそれでした」

「ほう」

「そもそも、南九州で炊事棟と座敷棟が軒を接してくっついた二つ家が多いのは、南方文化の流れでは母屋と切り離されていた炊事棟を、できるだけ母屋と近いところに持って来た、その究極の形なのではないでしょうか。本土最南端の南九州では、北方からの一つ家文化に曝され、内部は融合を始めてしまっていても、南西風の最後の砦として、外部の、屋根の、外観的分離だけは残しておきたい、その気持ちの表れが、あの、真ん中に雨樋をつくってまで、外観だけでも二軒として残しておきたかった、ということなのではないでしょうか」

ふーむ、と、山根氏は、視線を下方に落として、

「君は、炊事棟を女性支配の領分、表座敷棟を男性支配の領分とすれば、分離型の南方文化の流れが本土に上陸し、そこで北方文化の影響を受けて、融合型に変わろうとしている、その過渡期にあるものとして、二つ家をとらえているのですね」

それはまさに私の推論の本質であった。

「そうです」

私は、ゆっくりと頷いた。ううむ、と、山根氏はしばらく考えた後、

「こういうふうには考えられないだろうか。北方から流れて来た融合型の文化が、ここにきてようやく、やはりこれは水と油のようなもの、と無理な融合を諦め、今まさに分離を始めようとしている、分離を試みている、その、まだ完璧には切断されていない姿が、二つ家なのだと」

私はその言葉に呆然として、何も答えられないでいた。

山根氏の言葉で、私はすっかり学問的混乱に陥ってしまった。

寡黙になった私を見かねてか、食事が終わって、

「珈琲を淹れましょうか」

岩本氏が声をかけた。私が返事をする間もなく、

「それがいい」

と、山根氏が頷いた。気遣ってもらっている、ということの事態を申し訳なく感じ、かといって軽い話に転じる気分でもなく、

「この島に明治初年まで寺院があったのをご存知ですか」

ええ、と山根氏は即座に返事をした。

「廃仏毀釈でほとんど跡形もなくなってしまいましたが」

「ええ、私はその遺構に惹かれるものがあって、この島に渡ってきたようなものなのです」

「……ほう」

山根氏はほとんど口の中だけで呟いた。その様子で、彼がこれに深く関心を持っているか、それとも持っていないか、どちらかということがわかった。

「何百年も続いてきたものが、ほとんど一瞬のように滅んでしまう。そのことを、ど

うとらえていいのか……」

我ながら茫漠としたいい方だと思った。だが、私をこの島に惹きつけていたのは畢竟この思いなのだった。家々を面白いと思い、木々を面白いと思う、この私の存在の奥に、何やら説明のできない荒涼とした空間があって、それがために私の世界に対する学問的「興味」が、まるで根無し草のように、意識の表層のあちこちに浮かび、それはまるで、荒廃した野原に点在する島のようなのだった。それ自体で完結して、生体としての私に繋がらない。まとまりがつかないのだ。しかしそこに囚われていながらも、やはり意識の遠いどこかで、これはいったいどういうことなのか、と訝しく思っている自分もいるのであった。なぜならそれは、ここ数年のことなのだったから。生まれてからずっと、そうであったのなら、別にとりたててその事態を奇異に思うことも、つらく思うこともなかっただろう。存在の奥の方で、世界ぜんたいに対する「不信」が起こっている。それが、表面に現れて来ず、それだけに厄介な広がり方で自分の精神の奥が蝕まれている。そして、そのことに対して、実は抗う気力もない――そういうようなことを、伝えられるわけがなかった。けれど、山根氏は、意外なことに私に対する共感の滲んだ頷きをした。そして、

「全くです」

眉間に皺を寄せて目を閉じ、

「明治政府は神仏分離を宣言しただけで、廃仏毀釈までは指示していません。神道を国体の基盤とするため、本地垂迹とか、神仏習合とか、神と仏が融合したようなものを引き離そうとしただけであったのだが、長年仏教に下に見られることに屈辱を感じていた神道の関係者たちが、ここぞとばかりに暴走したのです。平田派の国学者やその門徒たちが主だったのだが」

「明治政府が率先して破壊を指揮していたのではないということですね」

「明治政府の方は、坊さんたちには、還俗すれば名字帯刀を許し、経済的にも立ち行くようにしてやる、といっていた。政府は国体の確立が最重要課題で、別に仏教に恨みがあったわけではなかったのだから。だが神仏分離とは……」

岩本氏が珈琲碗をそれぞれに差し出した。頷いてそれを取り、山根氏はさらに続けた。

「ほんとうはふたごとして生まれてくるべき二人が、体の一部をくっつけて生まれてくることが、ごくたまにある。皮膚だけの問題なら簡単な手術ですむが、臓器を共有していたりすると、完全な分離は不可能になる。そういう二人を、無理に分離するようなことになれば、どちらかが犠牲にならざるを得ないだろう。日本の土壌での、神仏分離とは、そういうものだったのです」

それは聞くだにむごたらしい図を想像させた。

「生木を裂くような、ということですか」

「そうです、そのとおりです。すでに融合して一体となっていたものを」

山根氏はそういって目を閉じた。

「政府は、ともかく神道を国体として確固たるものにしなければならなかった。キリスト教とともに迫ってくるような諸外国に対しても、すっきりと論理的に説明できる力強い独自の宗教が欲しかった。そういう意味で、本当は、仏教よりも排除したかったものがあった」

仏教よりも排除したかったもの？　山根氏は、いったい何を言い出すのだろう。私は固唾を呑んでその口元を見つめた。

「民間宗教です。この島でいえば、モノミミ、が、まずその標的になりました」

思わず、「あっ」、と小さく声を出してしまった。

「もともと、この国では神道といっても、何やらえたいの知れない、それこそ八百万の神々がいたわけです。けれど、国の礎を確立するために、敬い尊ぶべきは皇統の神々、また、皇室に命を捧げた忠臣、日本国民はそういう「素性正しい」公認の神にこそ誠を尽くさねばならない。他の「神々」はいらない。新生の国づくりにやっきになる政府が急務としたのは、強力な軍隊です。自分の命も省みない、勇猛果敢な兵士が必要でした。皇室のためには命も投げ出す国民をつくりあげなければならない。学校教育とはそのために始めなければならないものだった。人民に国民意識を植え付けるためです。それまではせいぜい村単位でしかなかった人びとの意識を、国民、という全国共通の概念に収斂させていかなければならない。ご託宣なぞを述べたりして、人びとを思うままに操るモノミミなど、邪魔で不浄の存在でしかなかった。海外の諸外国に対しても、日本にそういう未開の習俗があると思われたくなかった。仏教はそうそう簡単には完全に排除などできません。本願寺など、皇室とも縁があり、何百年もかけて権威を繫いできた宗派もある。だが、モノミミは違う。見せしめのために、血気盛んな神職のものたちは、まずこの島へ乗り込んできた」

思わずため息が出た。ウネさんたちがモノミミのことを訊くと口が重くなったのは、これ故であったか。

「何人くらいいたのでしょう。その、モノミミたちは。どのくらい島に浸透していたのか」

「詳しいことはわからないが、昔は各戸に御霊棚があったと聞きます。モノミミたちが来た時に礼拝するところです。まずそれが外された」

「そういえば、今日見せてもらった家にも、そのようなものの跡がありました。それにしても、山根さんはどうしてここの島についてそんなに詳しいのですか」

「私の父が、この島の出身だというのは知っていますか」

「ええ」

そのことはウネさんから聞いたように思う。

「私の父は、寺院で修行していた僧侶で、そのときの騒ぎで島を出て還俗したのです」

思わず珈琲を口に運ぼうとしていた手が止まった。

「それは……」

「たまたま兄の会社を手伝わせてもらい、それが成功して独立することができた。結婚もして、私が生まれたわけです。まあ、いわば神仏分離の申し子といってもいいのかもしれない、私は」

山根氏は穏やかに笑ったが、私は笑っていいものかどうかわからなかった。


客用の寝室、というものがなくて、と、岩本氏は申し訳なさそうにいい、山根氏の書斎に簡易寝台を設えてくれた。そのかわり、書斎の本は読み放題、父が寺院を出るときに持ち出した文書の類いも、役に立つものなら見てくれて構わない、と、山根氏から黒く塗られた文箱を示された。けれど、今日はもう休んだ方がいい、これからいつでも見てもらえるから、とも。

勧めに従って、というわけでもなかったが、寝台に入った途端、私はすぐに寝入ってしまった。やはり、体力的にも今日はずいぶん疲れたのだった。

鳥の声で目が覚めた。ここは龍目蓋よりもずいぶん鳥の声が近くで聞こえるのだった。一瞬どこで寝ているのかわからず、昨夜の成り行きがすべて呑み込めてくると、起き上がって、文箱を開けた。

中の書類で最初に目を引いたのは、寺院全体の見取り図だった。島のどこにどういう僧坊があったのか、詳しく書かれていた。これは思わぬ発見、と息を呑んだ。すっかり目が覚めた。寺院跡の調査に行くのに、これ以上の助け舟はなかった。それどころか、もう調査はほとんど不要かとまで思われるほどだった。早急にやってくるであろう寺院の滅亡の日を前に、山根氏の父上が義憤と感傷をもって書き上げたのだろう。島の地図と、それぞれの僧坊の場所、その名、それから彼が知りうるかぎりの島の場所についての記述。獺越《かわうそごえ》、というものもあった。

打たれたようにその地図に見入っていると、ふと、この山根氏の山荘のある場所に、「海うそ」という文字が書かれているのに気づいた。海うそ、というのは、確か、この島の人たちがニホンアシカを呼ぶときの名であるはずだった。海が見える、といっても、ここは山である。ニホンアシカがここまで登ってきたとは考えられない。ニホンアシカがここから見えたということも考えられない。

朝食のとき、一種の昂奮のようなものをもって、文書を見せてもらったことへの礼をいった。

「お役に立てば何より」

朝食は、さすがにパンではなかった。岩本氏もそこまでは手が回らないのだろう。粥に漬け物が並んだ(私にだけ、ゆで卵がついていた)。この家の佇まいとは懸隔があって、それが妙に新鮮に感じられた。お若い方にこんな朝食で申し訳ないが、と謝られたが、私も胃が丈夫な方でないので、朝はこれくらいがちょうどいいのです、と正直なところを答えた。

「ところで、まだ全部には目を通していないのですが、この島の地図がありました」

「ああ、ありますね」

「ここの場所のところに、海うそ、と記載があったのですが」

「ああ」

「海うそ、というのはニホンアシカのことですよね」

「カワウソに対して、ウミウソ。ええ、そういいますね。けれど、彼のなかでは、別なことの意味だったみたいですよ」

「別なこと」

「彼は、なぜここに家を建てたかという理由について、修行僧時代に、村へ托鉢に回る途中、ここでしょっちゅう海うそを見た。それを見るのが楽しみだった、というようなことをいっていました。よく聞けば、それはどうも、蜃気楼のようなんです」

「蜃気楼」

思いもしなかったことばだったので、思わず声が高くなった。

「ええ、ここから沖合に、蜃気楼が見えたのだそうです。ここが一番好きな場所だったと。それが忘れられずに、ここに家を建てたんでしょう。いわば、少年の日の夢が叶ったわけだ」

「海うそ。なるほど。海の幻、ということですか」

思ってもみないことだった。

「蜃気楼は今でも見られるのですか」

「ええ。小さいものはよく見えます。船が浮き上がって見えたり。何かが歪んで見えたり。不思議なことに、何かが歪んでるっていうのはわかるんだが、その何かが何かはわからないんだ」

山根氏は愉快そうに笑った。

「それから、ごくたまに、城壁のようなものが見えますね」

「城壁？」

想像がつかなかった。城壁とは、日本の城の？　それとも中国の、西欧の？

私のもの問いたげな顔を見て、山根氏は、少し困ったようだった。

「うまく説明ができないんだが、自分には城壁を思わせる、それも砂漠の中に忽然と現れる城壁を」

こういったことでますます私が混乱するということはわかっていたのだろう、急に話を転じた。

「ところで、獺越、という文字もあったでしょう。あれが、何のことか、とうとう父に聞きそびれてしまった」

獺越。

それなら、私も少しは答えられる。佐伯教授とそのことについて話し合ったことがあった。

九州を中心として、しばしば獺越という地名が伝えられる場所がある。かわうそごえ、と呼ばれることは珍しく、たいていは獺の古い呼び名をとり、「うそごえ」「おそごえ」と呼ばれる。実際にその道を獺が越えるのかということになれば、それは何とも言い難い。獺というのは川に棲息する生きもので、獺越もたいてい川の近くにある。そもそもは「早越え」、つまり早道に対しての「遅越え」であった、という説もある。「おそ」から「うそ」、転じて「かわうそ」となったというのだ。

だが本当にそうであろうか。

教授がその説に疑問を持ったのは、獺越と呼ばれる道が、いずれも人家なく、曲がりくねっており、たしかに遅道ではあっただろう、だがその道を残す理由が見当たらない、ということからだった。そこはそこを通る以外、存在に何の理由も持たなかった。早道より時間はかかるがその分女子供に負担が少ない、ということすらなかった。通常であるなら、そういう益なき道はすぐに通るものがなくなり廃れていくはずだった。だが残っている。ならば、残っている理由があるはずだった。それはその理由のために活用されているはずなのである。

「佐伯教授も獺越について研究されていました」

私は、おおまかに獺越について説明した。

説明しながら、佐伯教授の「獺越」についての興味は、この島から始まったのではないか、と私は密かに思った。山根氏は手にした珈琲碗をじっと見つめた。しばらくして、

「ウソはウツロから来ており、薄暗い谷間のようなところを指しているという説もあります。何かで読んだのだったか、自分で勝手にそういう印象を持っていたのだったか。父が、この辺りの思い出話で、「うそ越えをして」というとき、何かずいぶん物思いに囚われている感じがあったのです。その印象が強くあったのかもしれない」

では、海うそ、というのも、単純に蜃気楼だけをさすものではないのかもしれない、と私はぼんやり思った。

森肩——耳鳥　芭蕉／キクガシラコウモリ　耳鳥洞窟

山根氏が快く許してくれたこともあって、その日一日、文箱の書類の読解に没頭した。帰らぬ私を、さては遭難の憂き目にあったのではないかと心配されるとよくない、というので、しばらくこちらで過ごす旨、ステさんに頼んでウネさんへ伝えてもらうことになった。

文書によると、紫雲山法興寺の歴史は次のようなものである。

開基は円澄上人、時代は白雉とあるから、西暦では六五〇年代前半に当たる。島で修行していた円澄の夢枕に、たなびく紫雲に乗ったこの地方の大権現が顕われたという。修験道の開祖、役行者の活躍時期と比しても同時代かというこの年代は、早すぎるのではないかと思うが、これも伝承であろうので、そういうものとして了解する。中興の祖は円海で、十一世紀に、法興寺六箇別院として薬王院、彌勒院、明王院、求菩提《くぼて》院、蔵王院、奥の院を建立した。影吹《かげふき》の村は、もともとその門前町のような性格をもった港付きの集落であったようだ。

修験道といえば、ただひたすら峰入奥駈《みねいりおくがけ》、滝に打たれ鉄鎖の崖を登る、という印象が強かったが、この文書を読むかぎりは、経典の類いの研究も、それぞれの坊でなされていたようである。

六寺院を統括する法興寺では、政所、公文、下司、目代、下僧などの役職を持っていた。順に、総務、文書官、事務、神職、(下級の)僧侶を意味すると、文書にはその説明や僧坊での日課が記されている。地図には島内に散らばるそれら堂宇の位置、一つ一つの岩、小川、岬、洞窟、峰、等々、数百年の間に修験者がつけた名前が付され、それらに纏わる伝承がまた別紙に記述されるという念の入れようである。

たとえばこれは、恵仁岩《けいにん》の謂れである。

恵仁岩は、尾ノ崎湾にある奇岩である。寛政の頃の話だというから、大体一七九〇年代であろう。別紙にはその呼び名の所以である、僧・恵仁と雪蓮の悲恋についても書かれていた。

雪蓮は、生前ゆきと呼ばれていた。ゆきは、妻を亡くして修験者となった父親に連れられ、赤ん坊の頃島へやってきた。村の子どものいない夫婦に預けられ、長じて後、修行中の若い僧、恵仁と恋仲になった。恵仁の師は、恵仁の今の修行が終わった後、還俗させ、いっしょにさせてやりたいと思っていたが、ゆきの父が反対する。父ばかりかゆきの養父母、村人寺人、ほとんどが眉をひそめ、あってはならぬことと諭そうとした。そういうことになれば、ゆきは修行中の僧の道を迷わせた性悪女と烙印を押されてしまう、というのである。周りの目が厳しくなり、二人は逢瀬もままならない。恵仁の師は、表向き恵仁を他島へ修行に出し、実は本土に渡らせ、知り合いの家に寄宿させ、生計をたてられるようにした後、ゆきを送り出すという計画を立てた。しかしそのことを聞かされなかったゆきは、恵仁が自分を捨てて去って行ったと思い、入水する。何年か後、帰島してゆきの死を知った恵仁は、ゆきが入水した辺りの岩に渡り、供養の経を読みつつ満ち潮にのまれていった。

文書の書き手であるところの山根氏の父上、修行僧・善照は、おそらく島を出てからこれらを書き記していたに違いない。そうでもしなければ自分が過ごしてきた「過去」が消えてしまう、そういう切迫したものが文面から感じられた。それもこれも、廃仏毀釈による破壊の凄まじさを、身をもって体験した故かと思われ、生まれて間もなく寺院に引き取られ、以来それまでの人生すべてが島にあった、この若き善照さんの止むに止まれぬ思いが、まるで自分のもののように感じられてならない。

「恵仁岩の話は、本当なのですか」

夕方、居間で岩本氏が淹れてくれた珈琲を飲みながら、訊いてみる。

「本当らしいです」

山根氏は真顔だった。

「昔ゆきの父親がいた坊に、私の父も預けられていたのですが、二人のそれぞれの命日には、当番が恵仁岩に渡って供養する、ということをやっていたらしい」

「ほう」

「罪意識があったのでしょう。死ななくてもよかった若い二人を、死に追いやった、という」

「なるほど」

佐伯教授の地図にも、恵仁岩の文字はあったがさすがに謂れまでは載っていなかった。

「恵仁は、心中のつもりだったのでしょうか」

「会わなかった何年もの間、心変わりもせず、死んだと知ったらすぐに後を追おうと思うほど、ずっと相手のことを思っていられたというのは、奇跡的だと思いませんか」

それは奇跡的、か。

「……さあ、どうなんでしょう。会わなかった何年もの間を、彼女の存在が、彼を支えていたのでは」

「それで、死んだと知った途端に、生きる支えがなくなった、と」

そういうと山根氏は考え込むように黙った。彼が船乗り、つまり、長期間家を留守にする職業であったことを思い出した。そういえば、彼が結婚していたのかどうかも、私はまだ知らないのだった。そして私の方も、許嫁に死なれたことも、両親を相次いで亡くしたばかりか、佐伯教授まで亡くし、まるで自分の周りに死神の大鎌が振われたような状況であることも、まだいっていなかった。そんな陰鬱な話を誰が聞きたいだろうか。

少なくともこのことは、考えるだに確かに奇跡的なことだったように思える。あの厚い森に囲まれた閉鎖的な空間で、それぞれがそれぞれの内的な思いに囚われながら、その内圧に耐え切れず迸るものを吐露するという、よくある図式に陥らずに、しかし耐え切るという気負いすらなく、あの森肩で過ごした幾つかの夜を、つつましく抱えている空虚を、私の側からのみいえばまるでそれが醸成しうる有機的なものでもあるかのごとく注意深く見守るようにして過ごせたということは。私はとうとう最後まで、山根氏の過去については知らなかったし、山根氏も私のそれについて知ることはなかっただろう。その後の私の人生に、何か決定的な「トーン」のようなものをもたらしたのが、あの独特の夜々の沈黙だったのだと、総じて見ると、思わざるを得ない。

「波音《はと》の梶井さんです。シイタケと、キジ肉を」

ドアがノックされ、岩本氏が顔をのぞかせた。波音の梶井、と聞いて、思わず、

「ああ、梶井さん。知ってます。波音に行ったとき、カギ家を見学させてくれた」

「ああ、あれは梶井君の家だったのか。梶井君も、うちの重要な食料供給者の一人です。時間があったらちょっと上がってもらえないか、訊いてみてくれ」

岩本氏がそれを伝えに行くと、すぐに、

「そうだ」

山根氏は何か思いついたようすでこちらに顔を向けた。

「これからずっと山中を行くのでしょう。それなら案内人をたてた方がいい。所詮島と侮ってはいけません。島外の人間が何人も遭難している。梶井君にそれを頼んでみたらどうか。もう知り合いになったようだし」

それがお願いできれば、しかし充分なお礼ができるかどうか、といっている間に、梶井君が現れた。

「ああ、どうも」

「あ、こちらはうちに見えられた……」

「秋野です。あのときはどうも、お世話になりました」

「いやいや、いったいあんなことが役に立ったのか、後からちょっと気になっていま

した」

「立ったようだよ」

「ありがたかったのです、本当に」

ならよかったけれど、と梶井君は勧められるまま腰を下ろした。

「まさかここでお会いできるとは」

「今日、キジが獲れたんです。山根さんとこが買ってくれるから助かってます。うちの茶の得意先も半分が、山根さんの紹介です」

「あのお茶は皆喜んでるよ。肝心のうちは、もっぱら珈琲ばかりで」

「さすがに珈琲豆までは栽培でけんけど」

「いやわからんぞ。あきらめてはいない」

皆微笑んだ。私はふと、気になっていたが訊く機会を逸していたあることを思い出し、

「ウネさんから梶井さんのところを教えてもらったときは、君が島外から帰ってきたようにいっていたけれど……」

「そうです。影吹の小学校を出てから、本土の叔父のところで中学に通いました。そこから高等蚕業学校へ進んだ。繊維会社にでも就職しようと思っていたら、父が亡くなって……。母は一人で残るというし。いろいろ考えたんですが、帰ってくることにしました。学費を出してくれた叔父には申し訳なかったが。やっぱり、こんなところはどこ

にもない、と思った」

日に焼けた顔に、静かな笑みを浮かべた。

「それは確かにそうだし、君がいてくれて助かってはいるが……」

「もっと世の中を見た方がいいと思いますか。世界中を見てきた山根さんにそういわれると……」

「……いや。そうはいわん」

「俺、山がないと生きていかれんと思ったから。小さい頃から、山の中歩くのが好きで、本土の学校へ行っても、島の山が恋しくて仕方がなかった」

梶井君は急に朴訥な少年の顔になった。恋しくて仕方がなかった。私はなんだかそのことばに心打たれた。先ほどの話、梶井君に山の案内を頼むという話が、現実味を帯びて甦った。それは確かに当初、山根氏から出た提案ではあったけれども、今、それが自分自身の希望に変わったのだった。

「これから島の南部の探査に行こうと思っているんですが、よかったら案内してもらえないでしょうか。仕事の方の都合がつけばですが」

梶井君は、何か楽しい企みでも聞いたように一瞬目を輝かせた。

「草刈りも間伐もすませたところです。俺でよかったら。まずはどこへ行くつもりですか」

「耳鳥洞窟に」

地図に書かれた耳鳥洞窟ということばに、私は惹かれていた。

「ああ。行ったことはないが、地図にはありましたね」

「俺、ありますよ。学校仲間と探検に行ったことがある」

「耳鳥とは面白い名まえだなあ、と、最初に思ったんです」

「いわれてみればそうですね。小さい頃から聞いていると、そんなもんだと思っていましたが」

「モノミミのミミと関係あるのかな」

「耳鳥なんて、鳥がいるはずもないし」

「え、鳥?」

「耳鳥という鳥、知ってますか」

「いや。俺、鳥じゃなく、取り、耳取だと思っていました。小さい頃から。耳無しホウイチの話と関係あるのだとばかり思っていた」

「え」

これは意外だった。しかし、この島に生まれ育った彼がいうのだから、案外真実を突いているのかもしれない。

「なぜ、耳無しホウイチ、と」

「笑われるかもしれませんが、俺たちの集落、平家の末裔だといわれてるんです。それで、そういう話もしょっちゅう聞かされていた」

「波音が落人集落だという話は聞いたことがある。君は、そう思っていないんですか」

「どうなんでしょう。昔はそのまま信じていたけど、よくわかりませんね」

思い出した。

「君の家のダイドコロの壁に、神棚の跡のようなものがあったでしょう」

「たぶん、それは御霊棚だろう。モノミミが来て礼拝する」

山根氏は確信ありげだった。

「ああ。そのことをいっておられましたね。それも、本当に知らないんです。両親は何もいわなかったし、物心ついた頃からあそこはああなっていたので。ただ、モノミミのことは、ときどき大人たちの話のなかに出てきたので、興味はありました。うちの集落は、確かにしょっちゅうモノミミを呼んでいたみたいです。話を聞いていると、供養のためだったようで、それも、耳無しホウイチっぽいでしょう。でも、本土に出て、その話、うちの村が平家の落人かもしれないって話をしたとき、軽くいなされたりしたことがあって、ああ、こういう話って、あちこちにあるんだなあ、とわかった。それからちょっと距離を置くようになりました」

「やはり、落人じゃないかという気がするよ。あなたがたのところに限っては」

「俺は、ほんとのところ、どうだかわからんです。ただ、母にとってはそれが自分の生き甲斐のようなところがあるから。母のためには、そうであってほしい気がしますが」

「何か、古文書のようなものも残っているんですか」

「村は一度、山火事に呑まれたことがあるんです。身の回りのものを持ち出すのに必死だったらしい。それも、百年近く前の話ですが。代々使われてきたお椀だとか、そういうものはまだあって、母はそれを後生大事に思っているけれど、それだって、疑い出せばきりがないでしょう」

「これもまた、信仰の世界のことになるのかな」

「いや、何か、ちょっとしたものでも、根拠になるものさえあれば……」

そういいかけて、けれど、火事にあったというのは決定的だろう、そこからの証明はやはり無理だろう、と思い返し、

「モノミミというのは、いつ頃からあった風習なんでしょう」

もしかしたら、非業の死を遂げた一族の者たちへの魂寄せがもとで、発達した習俗かもしれない、とふと思ったのだった。けれど、それももちろん、二人にははっきりと断言できるものではなかった。もし、耳鳥が、耳取のことなのだとすれば、モノミミたちの重要な儀式が行われていた可能性もある。けれどそれがいつ頃からのものなのか、とい

うことについては梶井君は首を傾げ、たぶん、母も知らないだろうし、今存命の集落のものにも知る人はいないだろう、という。

「けれど、とにかくまずは行ってみましょう。耳鳥洞窟ならここからそれほど遠くもない」

「案内いただけるのはありがたい。だが、お礼が実は……」

急にそのことを思い出したのだった。

「秋野君はそういうんだ」

「いりませんよ。俺も楽しむんだから」

「そんなわけにはいかない」

押し問答の末、梶井君はしばらく思案の後、

「それでは、こういうのはどうでしょう。母の若い頃、本土では刺繡の半襟が大流行していたらしい、と聞いています。町中では白い半襟などほとんど見ないくらいだったと」

私はいきなり話の方向が変わったので面食らいつつ、巷の婦女子の襟元を思い出そうとした。華美なものは控えるような風潮になったものの、そういわれれば、大流行というのではないが、今でもそれは、よく見られる風俗である、と頷くと、さらに梶井氏は続ける。

「買ってやりたいのですが、島では手に入らない。お帰りになったら、それを送っていただけませんか」

「それはとてもいい解決法だと思うよ」

山根氏が大きくうなずいて賛成した。なるほど、それなら私もただの金銭のやり取りよりももっと有意義なことができる気がする。ただ、彼の母上が喜ぶものを選べるかどうかだが、私もそういう方面に詳しい方ではない。が、呉服屋へ行けば相談に乗ってくれるだろう。一応訊いておくだけ訊いておこうと思い、

「母上の趣味は」

「あまり派手なものは好まないようです。あとはお任せします。年配向きのと、それから」

といって、梶井君は突然頬を赤らめた。

「若い娘用のも、ついでに一つ」

おっ、と、皆一瞬うれしそうな笑顔になり、場は急に華やいだ。

どうせ案内人をたてるのなら、山に寝る準備もしっかりして、本格的に回ってくるといい、と山根氏に勧められ、そうと決まれば、というので早速出発することになった。

といっても、互いに準備も、あるにはあるし、翌日は二人ともそれに充てることになっ

た。私は龍目蓋《たつのまぶた》と森肩を往復して、少ないものではあるがとりあえず荷物をこちらに移す作業をするつもりだったが、岩本氏がそれは自分がやっておくから、出発前、読みたい資料に目を通しておかれたら、と好意的にいってくれた。恐縮する私に山根氏は、

「岩本君も龍目蓋の方へ行ってみたいんですよ。まだ行ったことがなかった」

「実はそうなんです。この島は、こんなに小さいのに、場所によって空気が全く違うから」

「すみません。じゃあ、ウネさんに、また行きますから、と伝えて下さい」

「わかりました。秋野さんも、私の留守を、よろしくお願いします」

双方申し送りをして、岩本氏は家を出、私は善照文書に没頭した。

その日の夜、岩本氏と梶井君がともに、玄関口まで帰ってきた。ちょうど梶井君が帰宅途中、この家の前でいっしょになった、というのだ。森肩は、影吹と波音を結ぶ道の途中にある。梶井君は一升瓶を下げていた。それに目が止まった。

「おお」

明日に備えて今日は早く休みたいと思っていたので、内心戸惑いながらも声を上げると、

「影吹に行って調達してきたんです。木樵たちの小屋を借りるときには必要なことも

あろうかと思って。明日、荷物といっしょに背負います」

今夜呑むつもりではなかったのだ。彼の深慮に感謝しつつ、

「ずっと持って歩けば重いでしょう」

「慣れているから大丈夫です」

「これはウネさんから」

岩本氏が取り出したのを見れば、黒砂糖の包みだった。

「それはいざというとき重宝なものだ。さすがは年の功だ」

山根氏が頷く。じゃあ、明日の朝、笠取峠の入口の大岩のところで、と、梶井君は帰って行った。


筆記具や帳面、当面必要な資料等紙類の他、食糧、簡単な什器類、夜具の代わりになるもの、若干の衣類等々を背負い袋に負うて、翌朝私は夜が明けるとほぼ同時に森肩を発った。むろんまずは耳鳥を目指す。耳鳥辺りから、修験に関係する場所が多くなる。夜気の残る空気はひんやりとして、日中の猛々しい暑さはまだ想像すらできない。

それでも笠取峠までくる頃には七時半、日は完全に上がってセミは姦しく鳴き、また暑い一日の到来を告げていた。梶井君はすでに大岩に腰かけて、私の姿を認めると手を上げて挨拶した。

「早かったですね」

「いや、さっき来たばかりです。ここはうちからの方が近い」

大岩の横に、今にも藪に呑まれそうな細い脇道が奥へ入っていくのが見えた。彼の歩いてきた、波音からの小径であろう。さぞかし露で濡れたことだろう、と同情すると、じき日が高く上がれば、すぐに乾きます、と意に介さない。

「では、行きましょう」

梶井君は私よりも大きな荷物を背負っていた。普段一人歩きをしている癖で、ただ黙々と歩いてしまう。梶井君は私がほとんど話をしないので気を害してはいないか、少し気になった。峠を登り切ると、一寸下ったところに木陰があり、そこで朝食をとることにした。岩本氏が二人分握り飯を準備していてくれたのだ。梶井君の母上も同じようなものを用意していてくれた。

「こういうことになるのではないかと、母は梅酢で握っています。今日一日は持つでしょう。昼食に回しましょう」

「うっかり伝えるのを忘れていたが、僕はいっしょに歩いていてもつまらん男なのだ。ずっと黙っているので呆れたでしょう」

梶井君はにやりとした。

「別に。気を使わんで下さい。僕も、一人で山歩きするのが好きだから、こういうのは苦にならんです。かえって気楽でいい。無理にしゃべらずにすむというのはありがたいです」

そうか、と、二人で黙って握り飯を食べた。

今、風は気持ちよく吹いているが、冬場、北西からの季節風は凄まじいものだというのは影吹で民家を訪ねているときに聞いていた。影は風。影吹の地名の由来ともなったその風は、そのままこの笠取峠を吹き抜けて、本土側へ突き進むのだという。笠取峠は、文字通り、強風のため笠を飛ばされる峠、という意である。

握り飯を食んでいる最中、彼が一言、「固い」と呟き、私も「ほんとだ」と頷いた。岩本氏の結んだ握り飯はずっしりと密度があり、固かった。が、妙に力強く実直な食べ応えであった。生きて在ることの手応えのようなものすら感じた。岩本氏らしい気がした。

不思議なものである。本人そのひとに相対した印象からよりもさらに強く、そのひとの作り出した「もの」から、その本質のようなものを合点するということは。

食事を終えると、再び歩き始めた。そこからは下り坂が続き、途中、獣道のような枝道に入り、小川を越え、滝の横を通った。この辺りはずいぶん暗い。見上げれば、隙間なく天を埋め尽くしたかのように見える樹冠の其処彼処に僅か光が漏れ見える。

森に入り、梶井君の動きが、実にきびきびとしてきた。いかにも生命が躍動している、まるで内側から光を放っているかのようである。山がないと生きていけん、といった彼のことばを思い出す。この案内人なく山を彷徨していた場合の自分の姿を思うと、まるで亡者の国を訪ね行こうとする無惨さであったろうと思う。梶井君はこのとき、いわば私を導く光であった。

蔓も木々も草も皆、僅かに漏れ来る光を求めて生きていく。どんな状況下にあっても、たいていの植物は、日に向かって伸びるしかないのだ。それが彼らの、生きる悲しさである。

やがて道は上り坂になり、辺りは台地のように日当りよく張って、草原が出てきた。その端の方に黒く口を開けた洞があった。

「そこです」

耳鳥洞窟だった。午前十時四十分到着。

高さは三米《メートル》近く、幅はそれよりも若干長いか。洞の上部には大岩が庇のように飛び出していて、そこにシダ類が生えていた。入口に、高さ、四、五米はあろうかと思われる芭蕉の大木が――これを木と呼んでいいものなら――薄黄色い花をつけて、まるで番人のように立っていた。

「ほお」

何か、気圧されるような気配があった。

「中に入ってみましょう」

梶井君はごそごそと荷物の中から油紙にくるんだ小さ目の松明を取り出した。

「そんなものが入っていたとは。どうりで大荷物だと思った」

「明かりがなければ、真っ暗で何も見えません」

「まこと、先達はあらまほしきことなり、だなあ」

梶井君が松明に火を着け掲げ持ったのを合図のように、洞窟の内部に足を踏み入れる。ひんやりと涼しい。奥から、墨に似た湿った土の匂いがしてくる。天井の岩盤が少し低くなったところがあり、梶井君が松明を高く掲げると、そこには紙垂《しで》を垂らした注連縄が渡してあった。

「モノミミ所縁のものなのか、修験道関係のものなのか」

「さあ。どちらでも、子どもには同じでしたが」

放つ声が壁に共鳴してことさらに違う世界に入った気になる。注連縄をくぐってその先へ行く行為に、ある種の緊張を覚える。数米行ったところに、年代物の蠟燭立てが置いてあるのが見えた。

「蠟燭を、一応立てておきましょう。これ、持ってて下さい」

梶井君は松明を私に渡し、上着のどこからか、蠟燭を取り出した。それに火をつけ、蠟燭立てに立てる。洞窟の壁がぼうっと浮かび上がる。体のどこか背筋辺りぞくっと何かが走る。

突然鳥とも大きな虫ともつかぬものが数匹、洞窟内を狂ったように飛び回った。

「わ、コウモリだ」

コウモリはしばらくしてどこかへ行った。たぶん外へ飛んで行ったのだろう。昼間の光でも大丈夫なのか。

「大きさからして、たぶん、キクガシラコウモリでしょう」

「前はいなかったですよ」

「奥にはもっといるかもしれないな」

「いやだな」

梶井君の足が止まった。しんとしている。

「たぶんここで修行者は瞑想していたんじゃないかと思いますよ。そんな感じがしませんか」

確かに、そのように思われた。黙ってその壁を見つめていると、圧倒的な静けさが、こちらの知らぬ、予想もつかない貌《かたち》をとって迫ってくるような気がする。

「耳鳥、という名は、確かにこの静けさと無縁じゃない気がするなあ。ここで長い時間を過ごした人間がつけた名のような気がする」

しばらく目を閉じ、耳を澄ましてみた。全身が耳になったように、辺りの気配が自分に集中して吸い込まれていくような感覚。すると、次の瞬間、地の底を這うような声が、聞こえた気がした。思わず目を開け、奥の闇を凝視し、何やらぞっとして、

「どうも、いけないようだ。出よう」

外へ出ると、急激な明るさに思わず目を瞑った。蝉の音が私をとりまく世界を塗り替えるように鳴っていた。強烈な日射しで、暑いはずなのに冷や汗をかいていた。

「気分でも悪くなりましたか」

梶井君が心配そうに声をかけてきた。

「……君は、何か聞こえませんでしたか」

「いや、別に。でも、秋野さん、顔色が悪いですよ。ちょっと休みましょう。もう昼だし」

「そうしよう」

情けないことに、後ろを振り返られなかった。真っ黒の闇が口を開けてこちらを見つめているように思えてならなかった。

耳鳥――沼耳

イタヤカエデ／コノハヅク　根小屋

昼食を終えた午後からは、紫雲山の麓を回り込むような形で海の方角へ向かいつつ、途中で夜を迎える用意に、梶井君が心当たりの小屋に向かった。彼はそこを、「沼耳の根小屋」と呼んだ。道道、ずっとあの闇のことが頭を離れなかった。玉走川《たまばしり》の沢筋へ降りようとしたところで、

「冬場ならここから、紫雲山が見えるんですけどね」

と梶井君がタブノキの周りに葛が隆盛に絡み付いている一角を指した。

「龍目蓋《たつのまぶた》から本村へ行く道中も、どうかすると見えますよ」

「ああ、そうですよね。それは、連山になって」

「そう、連山になって。胎蔵山、紫雲山、吊峰、谷島嶽」

あの、遠目からも山深く思われたその連山の一隅に、自分が今いることの不思議を思った。

玉走川は、文字通り白くうつくしい花崗岩の巨石があちこちに点在し、その上をイタ

ヤカエデが青い葉の重なる枝々を差し交わす、涼しげな川であった。しかし穏やかな川というのではない。島の川の常で、急な勾配、流れの勢いは強かった。夕暮れにはまだ少しあったが、すでにヒグラシが鳴いているのが瀬音の向こうに聞き取れた。

「ヒグラシだ」

「ああ、そうですね。この島では、少し標高が高いところでないとヒグラシはいません。俺のところではうるさいくらいですが」

「生き返るようだ。ちょっと休んでいこうか」

「そうしましょう」

足もとの安定した岩に移り、激しくはあるが澄んだ流れに手を差し入れ、水を掬んで飲んだ。冷たさが火照った体の内部を流れていく。首に回した手拭いを流れに晒して絞った。それから自分の顔も洗い、絞った手拭いで首まで拭いた。

「耳鳥洞窟だけれども」

ずっと考えていたことを、思い切って話すことにした。

「ええ」

「もしかしたら、モノミミというのは、修験者の一部が転じたものではないだろうか」

「はあ」

「あそこで修行していた修験者のうち、そういう能力だけを特化させていったものだちがいたんじゃないだろうか」

「ああ。そうかもしれません」

梶井君は深く頷いた。まるで死者も生者も混淆してある世界のもののような、あの声は、自分のうめいた声だったのだろうか。それともあれから先は、もう、通常見聞きするようなものは、何も見えぬ、聞こえぬ、自分の輪郭すらさだかでない、という感覚の始原のようなところまで押し進んで、自分のものとも他人のものとも、分け断じることのできないところからの声なのか。あの闇は、その気になれば辿り着けたのだろうか。

「いや、充分あり得ますね」

そしてまた波音《はと》にやってきた人びとが、ほんとうに平家の落人であったとして、一族の死を弔いたいという強く悲痛な思いが、モノミミの生まれるべくして生まれた由縁に深くかかわっている……仮説である。

現地へ足を運べば、机の前で考えていたときには想像もつかないことが感じられるものである。しばらく二人また黙り込んで、それぞれの思いに入り込んだ。巨石の下は、急流の暫し憩う深みになっている。風が上方のカエデの枝を揺らすので、木漏れ日はその静かな水面に落ちゆき、ゆらゆらといつまでも揺れ続けるのだった。

「沼耳の根小屋」に着いたのは、日も暮れかかる頃であった。

そこに行き着く手前で、玉走川の支流になるはずの細々とした流れが、沼のような様相を呈して、泥炭地をつくっている場所を通った。おそらくこれが、善照が生繰《いぐれ》沼と呼んでいる場所であろう。沼耳の「耳」は、端、というほどの意味なのだろう。沼の外れ。地名に耳が多いのは、人びとが、耳、ということばに文字通り耳慣れているせいなのかもしれない、とふと思った。

小屋の中の露地には炉が切ってあり、利用してきた者たちが長年煮炊きしてきたと見える跡があった。当然のように私たちもそこで火を起こすことにした。彼は、水を汲んで来るついでに米を研いできます、といって、米や、小屋にあった手桶や鍋を持って出て行った。すぐ下に、これも玉走川の傍流が流れているのだった。残った私は、小屋の隅に薪があるのを一応確認、なるべくその世話にならぬよう、周囲の林から焚き付けになりそうな小枝や落ちた杉皮などを拾いに出た。小屋の中は暗くむしむしとして、むしろ外で野宿した方が快適なのではないかと思われた。ここは有り難いことにあの暗く湿った照葉樹林の手の届かない高さであるから。そんなことをぼんやり思いながら、歩いた。昼間の、あの耳鳥洞窟での闇を思い出す。この島へ来てからというもの、暗い森にばかり入っていた。闇には慣れていたはずだった。暗く、湿度の高い照葉樹林の、奥へ奥へと、歩を進めていく営みは、踏みしめるたび、弾力のある腐葉土に吸い込まれていくようで、まるで林の底へ沈んでいくようであったのだった。闇の底へ沈みつつ分け入って行く。

夕闇が、瞬きするほどの間に夜のそれに変わる時間帯だった。冷気が高い星空から降りてきていた。私と、数米《メートル》ほど前を歩く彼女との間に、とてつもなく純度の高い、透明な何かがあった。そこは、決して他者の入りうる空間ではなかった。触れれば切れるほどの鋭い何か、極めて伝導率の高い媒質。それは私たち二人のみの共有する空間だった。

祖父母亡き後、しばらく人に貸していた家へ、家族で移り住んだのが私の高等学校のときだ。父が胃病を患い、いつ仕事に戻れるか目処も立たぬ状況だったので、仕事場近くに借りていた家を一旦引き払って実家に戻るという体裁であった。実家なら、その近くで開業していた父の幼なじみの医者が往診しやすいということもあった。私はそれまで通学に利用していた駅より二つ遠い駅を使うことになった。

帰路、駅舎を出てから切り通しの道を抜け、しばらく間遠に人家のある道を歩くのだが、駅が二つ離れているだけであるのに、ずいぶん郊外に越してきた気分がした。無論それまでも、祖父母の家に行くことはあったのだが、それはあくまでも特別なことで、日常起き伏しし、そこから通学する家になる、ということとは全く別のことなのだった。

祖父母の家より駅に近いところに、後に私の許嫁になった女性の家があった。当時、名まえも知らなかった彼女も、同じ駅を利用して女学校へ通っていた。帰りが同じ電車になることもあった。駅で降りる学生、しかも同じ方向へ帰る、というのはいつも二人だけだった。それは数年続いた状況であったはずなのに、思い出すのはいつも秋の頃のことだ。

どちらかといえば私は彼女が先を歩くことを欲していたが、彼女も私が後ろを歩いていることを意識していたと思う。たまに私が先に歩くこともあった。私たち二人が互いをそのように意識していた、と少なくとも私はそう感じていた。それが後に親同士が決めた体裁の婚約の、実は大きな推進力であったのに、なぜか私たちはそのことを話す機会がなかった。幼い「照れ」があったのだ。私たちの婚約期間がもっと長く続けばきっと、よしんばそうでなくても、倦むほどに長い結婚生活にまで入り込めば必ず、あの時間のことを二人で語り合うこともあっただろう。あんなにも孤独で、あんなにも身近に、自分以外のものを感じたことはなかった。

彼女も同じような時間を過ごしていたのだろうか。

今となっては確かめるすべとてない。だが確証とまではいえずとも、そう思えるできごとはあった。

夕刻の僅かな時間の道行きは、彼女が彼女の家の門をくぐるところで毎回終わりを告げた。あるとき彼女は門に進む足を一瞬止めた。そして後ろを振り向き、「さようなら」と、まるで夜空に声をかけるようにいった。辺りには誰もいなかった。それがまっすぐ私に向けて投げられた一言だったことは疑いようもなかった。もう、虫の音も聞こえなかった。思わず、「さようなら」と返した。それもまっすぐ彼女に届いた、と思う。微かに頷くようにすると、彼女は踵を返して奥へ入って行った。

その日を境に、それは繰り返される習いとなった。親しく肩を並べて歩くなどという「付き合い」には決して成らなかったが、相手の顔も定かではない暗闇の中で、「さようなら」を交わす一瞬だけ、私たちは「交流」をもったのだった。

医者と同じく、父と彼女の父ともまた、古いなじみであったらしい。らしい、というのは、その「話」が出てくるまで、私はそのことを知らなかったのである。K大学に合格し、一人で下宿することになった私に、妙な遊びを覚えられては困ると思ったのか、両親は縁談をすすめた。当初それが、家を出る息子を先回りして縛るような、至極不快なことに思え、顔をしかめ返事もしなかったが、相手が彼女であると知ったとき、戸惑いが起こった。向こうはどう思っているのか、恐る恐る訊くと、女の子に恥をかかせるわけにはいかないから、まずおまえの意向を確認してから、ということになったのだ、とそのときはまだ、病床にありながらも、家の中のことに意見をいうほどには覇気のあった父がいった。母は母で、まだそれほど親しいもののいない近所に娘代わりに思える女の子がいたなら、という気分があったのだろう。私は黙って自室に引っ込んだ。

向こうがいいというのなら、それでもかまわない、と、翌朝素っ気なく答えたが、これは息子にしては大乗り気の意思表示、と見た両親が、間に人を立て、話はトントン拍子に決まった。

高校の最終学年の終わりの頃には、試験や諸々の行事で登下校も不規則となり、滅多に彼女と帰路をともにすることはなくなっていた。私はそれを、自分でも驚くほど寂しく思っていたのだった。


「おーい、秋野さん」

突然、林の向こうから私を呼ぶ声がした。ふっと、現実に引き戻され、慌てて叫んだ。

「ここです。今行きます」

ずいぶん昏くなっていたのだった。足早に小屋まで戻れば、すでに彼は火を起こしていた。そして、今までに嗅いだことのない、不思議な香が燻《くゆ》っていた。

「ああ、すまない。焚き付けを採りに行っていて。でも無駄になってしまったかな」

「水汲みに行く途中でだいぶ採ってきましたから。けれどこういうものはいくらあってもそれに越したことはない」

「この香りは……」

「蚊遣りです。ここは麓ほどは蚊は出ないだろうけれど、それでも虫除けに」

煮炊き用に起こした火の横に、ほの暗い炭火の静かな明滅が、その上に被せた蚊遣りの粉の間から透けて見えていた。

「不思議な香りだ」

「お嫌いですか。好き嫌いがあるから。俺は好きなんだけど」

「嫌いじゃない。むしろ好ましいくらいだ。どんなものですか」

「これです」

といって、梶井君は手元の紙袋を開けてみせた。煎じる前の乾いた生薬を粉にしたようなものであった。色味が複雑なのでさまざまな種類があることは見てとれる。

「樹皮だとか実だとか、葉っぱだとか。母が調合するんで、詳しくはわからないんですが。ダイダイやタチバナなんかの柑橘類の皮とかも多いですね。ダイダイは長く木に下がってるから夏でもとれるけれど、主には冬場にあちこちから手に入れて、夏場の燻りにする。山に入る時は、持っていって近くで燻らせます」

懐かしいような、けれど神経のどこかを明らかに呼び覚ますような、不思議な煙だった。練り香とは違った素朴さがあった。

「これで炙れば、いい風味が着きます」

そういって彼は鳥肉の味噌漬けを出した。私もトビウオの干物を出してみせたが──

これはちょうど山根氏の家に行商に来た漁師のおかみさんから購ったのである――彼はそれはまだ日持ちがするからあとにとっておいたほうがいいという。炉の近くに山刀で削ったらしい串が置いてあった。夜のつれづれに、先人がつくって残しておいたものであろう。梶井君が当然のようにそれを使って肉に刺し始めたので、私も手伝った。それが終わると、研いだ米の入っている鍋に、道々採ってきた茸と、持参の油揚を入れて炊き始めた。あらかじめ細く切ってあるのは、これもまたご母堂の手になるものだという。

「野で雑炊や汁物をつくるときは、こうやって切って、塩をまぶして持って行くのが母のやりかたです。傷みにくくなるし、料理に使う味噌醤油も少なくてすむ、と。雑炊にするのだったら、ちょうどいいくらいです」

なるほど、と思う。

「昔は油揚もそれだけでごちそうでした、今だってそうです。秋野さんは母に好印象だったんですよ。昨日は影吹《かげふき》に出かけるとき、ついでに油揚も買ってこい、といわれたんですから。俺ひとりのときにはないことですよ」

それは有り難いことだ、と呟いた。茸は、耳鳥から沢へ向かう途中に朽木に生えていたものである。いい出汁が出るので採って行こうと彼が言い出したのだった。見かけぬ茸で、ここでは「ボコウ」と呼んでいるのだそうだ。それも一応形態を手帳に書いておいた。

鳥肉、というだけで、何の肉とは聞かなかったがキジよりはおおざっぱな味をしていた。が、腹が減っていたので旺盛に食べた。雑炊はうまかった。うまい、とだけ伝えると、あとは二人ともあまり言葉は交わさず食事を続けた。興が乗るときには会話も弾むのだが、強いて会話をしなければと気を使うこともない、私には心地よい沈黙だった。

コノハヅクの、コウ、コウ、コオウという声が闇に響き渡っていく。コノハヅクは初夏の頃に鳴く鳥であった。なぜこんな真夏に鳴いているのだろう。聞いているうちに、今がいつなのか、次第にぼんやりしてくる。このコノハヅクもまた、正しく現世の時間を生きていないのかもしれない。

ふと、

「この先から上は、紫雲山への参道になっていて、沼耳口と呼ばれています」

何を思い出したのか梶井君は登山口のことを言い出した。

「そうらしいですね。地図には、紫雲山への道は、呼原《よばる》口、権現口と合わせて三つあったが」

「そう。そのうちの一つ。紫雲山へは登らなくていいんですか。神社が鳥居だけ残ってるけれど。本社は山の向こうに引っ越しましたが」

「紫雲神社ですね。もとは奥の院という寺院とともにあったらしいが」

「それは知らない」

「善照文書です。そうだ、地図の写しだけ、もってきたんだ」

立ち上がり、荷物の中からそれを取り出すと、炉火の明かりに照らしながら彼に見せた。

「初めて見た。ああ、なるほど」

梶井君は身を乗り出して熱心に眺めた。

「修験者が、修行してたっていうのは聞いていたけれど……。薬王院、彌勒院、明王院……。へえ、すごいなあ。こんなふうだったんですね。ああ、ゴジダニって呼んでた、ここ、護持谷《ごじがだに》だったのか」

「善照さんのいた坊が、この、蔵王院です。この坊の場所は確認しておきたい」

「ああ、ここは俺も行ったことがありません。でも、場所は大体はわかるから、だいじょうぶだと思います。で、明日は、外海の海岸の方といっていたけれど」

「この、良信の防塁」

私が島の外海に面した海岸線をなぞると、

「それは知らなかった。石垣が残っているのは、見知っていたけれど。良信の防塁なんて名がついていたなんて。どういう謂れがあるんですか。俺が訊くのも変な話だけど」

「詳しくは書いてなかった。良信という僧がつくったというだけで。これも奇妙な人物で、自分でつくった石切場から、石を切り出して、運ぶ、組み上げる、ただ延々それだけをやり通した一生だったらしい。理由については書いていない」

「へえ」

梶井君は夜目にも昂揚して見えた。

「たったひとりであれをやったのか」

かつて見た、その石組みの光景を思い出しているらしかった。写しの地図を見せながら、寺院の大まかな説明をすると、

「ということは」

梶井君は彼の普段にない低い声で呟いた。

「俺のところの先祖が、平家の落人、だとしたら、寺院に知人の僧侶がいて、その加護を頼ってやってきたのかもしれない」

梶井君が熱心にこの道行きについてきてくれるのには、本人も意識しないでいる、「なぜ、自分はこの島にいるのか」という哲学的問い解明への、静かな熱情の後押しもあるのかもしれない、と、少し上気した彼の横顔を見ながら思った。

ひとは皆、気づけば生まれているのだ。事前に何の相談もなく、また、生まれる場所育つ場所の選定もかなわず。自分だけではない。父母も祖父母も曾祖父母も、生まれるに際しての選ぶ自由なくここに生まれ落ちた。選ぶ自由のあったところにまで遡ってそ

の理由を知りたい、というのであろう。自分の先祖がなぜこの在所を選んだのか。その理由が、「落人」であったから、というのなら、納得もしやすいのであろう。もとより彼はこの島を嫌っているわけではない。それどころかこよなく愛しているのだ。しかし、それ故にこそ、知りたいのだろう。なぜこの島でなければならなかったのか。外の土地でも、自分は生まれ故郷にこれほどの愛着を持てたのか。

食事が終わると板の間に上がって寝場所をこしらえた。ノミは、怖れていたほどではなかったが、夜半、思いのほか、イエネズミがやってくる音がうるさく、苦慮した。ウネさんの黒砂糖を目指してやってくるのだった。それに気づいてからは、包みの紐を自在鉤の先に括り付けた。ようやく静かになった。梶井君が最後にひとつかみ、炉に投げ入れた蚊遣り香がまだ匂っていた。炉火は熾になっており、少し寒いくらいの室内を妖しく温かく照らしていた。

コノハヅクは夜通し鳴いていたようだった。その声が、渓全体に響き渡り、私の眠りの道行きにまで、紛れて付いて来るのだった。

沼耳――呼原《よばる》

オニヤブソテツ／ツマベニチョウ　良信の防塁

朝は梶井君が火を起こす音で目覚めた。

「ああ」

「おはようございます。煙たいですか」

「いや。すまない、全部やってもらって」

「仕事のうちです。これ、なんかのまじないですか」

梶井君は面白そうに黒砂糖の包みを持ち上げた。

「ああ。いや、昨夜《ゆうべ》、ネズミがそれを狙ってうるさくて。君、寝ていたようだったけれど」

「へえ。そんなこと、全然気づかなかった」

感心したようにいったが、感心したのなら、それは私も同じだ。気づかずにおれるというのはつくづくうらやましい、と心からの賛辞を込めていうと、笑いながら、褒め言葉ととります、顔洗ってきてください、と急かされた。

太陽はまだ見えないが、外はもう明るかった。

夜を徹して鳴いていたコノハヅクはいつか去り、当番が代わったとでもいうように、朝靄の中をアカショウビンの鳴く声が響いていた。合間に、カラ類の声がする。島の川にしては珍しくゆるやかな流れなのは、ここがあまり勾配のない場所であるからだろう。礫ほどの石が散らばっていて、それがほとんど剝き出しになっているような浅瀬だが、数カ所、水が掬いやすいように穴が掘ってある。ものも洗いやすいだろう。小屋の立地も、よく考えられているものだ、と思いつつ、顔を洗う。水は存外冷たくなかった。深呼吸をする。対岸の急崖には大型のシダ類が生い茂り、その前を川から立ち上る朝靄が、細く射す日光に部分部分身を晒しつつ、揺らめいては消えて行くのだった。

小屋に戻るとすでに飯は炊きあがり、味噌汁ができていた。

「ああ、極楽だ」

「こんなことで」

味噌汁は煮干しが出汁として入ったなり、そのまま具になっていた。野蒜の葉がネギの代わりに散らしてあった。土臭くもあったが、それはそのまま新鮮な、生きているものの香りでもあった。

「野蒜はその先の土手みたいになったとこで。今の時期、葉は固いかもしれないが細かくすれば」

「うまい」

「母にいろいろ知恵をつけられてきたんです。米は多めに炊いたんで、握って昼の弁当にしましょう」

「じゃあ、せめてそれくらい、僕がやろう」

「お。じゃあ、お願いします。俺、その間に洗いものしとくかな」

梶井君の顔が明るくなったのは、握り飯が不得手なのか、それともさすがに疲れてきたのか。あまり彼にばかり頼ってはいけないと思いつつ、河原に降りたところに蕗の葉が茂っていたのを思い出し、採りに降りた。

「蕗の葉ですか」

皿や鍋を洗っていた梶井君が後ろを振り向きながら不思議そうにいった。

「ええ。竹の皮とか見当たらないから、何か包むもの、と思って」

「なるほど。昼が楽しみだな」

楽しみにされても所詮塩握りである。苦笑しながらなんとか残りの飯をすべて結び、蕗の葉でくるんだ。黒砂糖は半分、自在鉤に戻し、吊るしておいた。宿泊の礼にしよう、という梶井君の発案である。一升瓶はまだ、持ち歩くらしい。

出発は七時十五分。日の出の頃より雲が多くなったが、日射しが避けられていいかもしれない。ひどいどしゃぶりにさえならなければ、と案じる。口に出しては不吉な気がして、梶井君に雨の心配をいえない。

渓沿いの道をしばらく下る。アカガシの多かった山林は、次第にもっと暗い、厚いものになっていく。汗ばむ。ウネさんいうところの照葉樹林特有の「ウンキ」が漂ってくる。

途中、ツマベニチョウとアサギマダラが優美に舞うように渓を横切っていくのに出くわす。まるでこの湿気の不快さの代償とでもいうように、この世離れした光景であった。アサギマダラはすでに見たが、ここまでの大型の白いチョウが二頭連れ立ってというのは、まことに珍しい。

「これが見られただけでもここに来た甲斐があったよ」

「あれ、両方ともシロチョウって呼んでました。ツマベニチョウ。なるほど。アサギマダラ。なるほど」

梶井君は大いに感じ入っている。

木々は次第にシャリンバイの灌木になり、同時に海の匂いが濃厚になっていく。風はべたつくが、風があることが有り難い。今更ながら、島というものの、山と海の距離の近さを思う。足元に、ヤギの糞が目につくようになった。そしてまた、糞があるということは、当然ながら、本体であるところのヤギもそれなりにいるということで、その姿もよく目にするようになった。群れになってあるいは数頭で、ただひたすら草を食む姿が見えた。島の北部の方のヤギとは質が違うのか、こちらにあまり関心がないらしく、逃げもしなければことさらに寄って来ることもなかった。本村の周辺にいるヤギなど、恐ろしいものなど何もないとでもいいたげな、肩で風切る傍若無人さで、村を闊歩していたが。

「しかしヤギもここまで増えると」

梶井君は眉をひそめた。

雨のことなど心配したのがうそのように日射しは強く眩しく、やがて水平線が見えてきた。昨日一日見なかっただけであるのに、もうずいぶん海を目にしていなかったような気になる。松林が現れ、良信の防塁に着いたのは十一時七分。

「これですね」

「ああ、なるほど」

松林の陰、崩れかけた石積みの立ち上がりに、オニヤブソテツが生い茂っている。石は少し橙色がかった凝灰岩で、妙に温かみのあるものだった。見ていると、不思議に落ち着いた気分になる。ことさらにこの石に固執する良信の気持ちが少しわかったような気がした。触ると、ざらついているのはもちろんであるが、日の光を吸って、見た目と同じように多少熱くもあるのだった。

ヤギもオニヤブソテツまでは食いつぶすことができないのだろう。砂を被って見えなくなっている部分もあるが、それが延々続いているらしいことは推測できた。

梶井君と、感嘆しながらそれに沿って歩く。松林の陰がありがたい。

「土塁をまず築いて、それから石で覆っているんですね。確かに海からの、何かを防いでいるように思える。一人でやったとしたら、大変なことだ」

「寺の共同体が、彼の活動を許していたというのもすごいことだな」

「寺が、彼に命じていた、ということはないんですか」

それは、思いもしないことだった。

「うーん。しかし、それなら、何も「良信の防塁」と、名が残ってはいないだろう」

「ああ、なるほど」

途中、何カ所か石組みが歪んだように砂土《すなつち》に埋もれている箇所があった。

「何だろう。地震でも起こったのか」

「弱い場所から崩壊していくんだな」

長い年月をかけて積んでいくうちには、心身ともに堅固なときもあれば、気細く心弱るときもあるだろう。それが積みように顕われてくるのだろう。当座は一見してわからなくとも、年月を経て見えない負荷が次第に重くのしかかってくると、弱い箇所から崩れていく。良信本人も気づかなかった彼の何かが、こうして解読を待つ暗号のように露呈していく。

「カルデラの湾の急崖から切り出して……軽石が多く含まれているから、切りやすいとはいえ、運んでくるだけでも、それは大変なことだっただろう」

尾ノ崎湾は、見事なカルデラ湾である。良信の石切場は、湾沿いにあった。

「執念ですね、もうそうなると」

多少雲が出ているものの、海は穏やかだ。

立ち止まり、海に向かって深呼吸し、それから呟く。

「本当に、何に対しての「防塁」であったのか」

「この辺は、他国から攻められたってこともないですしね」

「……海うそでも見たかな」

「アシカ、ですか」

梶井君は面白そうにこちらを見た。アシカの大群が攻め寄せてくるとでも思ったのだろうか。

「いや、この善照さんの地図、山根さんのお父さんが若い頃に書かれたものだが、それに海うそ、というのが出てくるんです。山根さんによると、海うそというのは、蜃気楼だというんだ」

「へえ。それは初耳だなあ」

「知りませんか、やはり」

「俺は山で育ったから。浜の人たちとは違うかもしれないけれど」

「海はあまり行かなかった？」

「子どもにとっては、遠いし、いってみれば敵の陣地だから。でも、年に何回かは、村の行事でおおっぴらに行きます。楽しみだったのは、三月三日の節句です。よもぎ餅と粟餅をつくって、潮干狩りに行く」

「ほう。一寸待ってください」

立ち止まり、これも、手帳に書き付ける。ここでいう三月三日は旧暦なので、新暦では四月に入ってからである。島ではもう充分温かい頃であろう。

振り向けば紫雲山山頂の雲が晴れ、今まで見たことのないなだらかな形をして、山頂が顔を出していた。

「この角度からはこんな形になるのか。思いもしなかった。優しいな」

「その先の呼原口から登るのが、一番無理がない」

「この島の人はよく登るんですか」

「そうですね。しょっちゅう、というわけではないが。大体、女人禁制だから、女性は登れないし」

「なるほど」

「うちの集落ではなかったが、影吹《かげふき》や本村なんかでは、男は十五になったら御山参りに登るんですよ」

「通過儀礼のようなものなのかな」

「さあ。でも、海の水と山の水とで身を浄めてから、とかいっていたから、儀礼の感じですね。そうそう、頂上近くに咲くヤマシャクナゲの枝を折ってきて、村のお堂に供えるともいっていた」

「ほう。ヤマシャクナゲ」

急いで仕舞った手帳を再び取り出し書き付けた。梶井君は私の手元を見ながら、

「そうです。この島では、下の方では咲かない花だから。でも俺たちは、ヤマシャクナゲとってきたら、好きな娘に上げるっていう、なんというか、しきたりみたいなものがあったなあ。そんな神聖なもののように扱わなかったから。そういう考え方の違いみたいなこともあって、ちょっと、外の集落からは浮いていたような気もする」

「好きな娘に上げる、っていうのも充分霊山に咲く花への礼儀は尽くしているように思うけれども。特別なことなわけでしょう。君も誰かに上げましたか」

私が顔を上げて訊くと、梶井君は、少し照れて頭をかいた。

「まあ、そうですね」

「それは半襟を上げる予定の方ですか」

少し詮索がましいと思ったが、彼の照れ具合がなんとも微笑ましかったので、つい重ねて尋ねた。

「いやだなあ。でも、まあ、そうです」

思わず笑みがこぼれた。それでは、彼が島へ戻ってきたのも、その娘さんの力もあったに違いないと思ったが、これは黙っていた。

林の方から聞こえてくる、ヒューホーともオーアーともつかぬ、もの哀しい声は、アオバトだ。消えてゆくものの遠吠えのような、笛で虚しく死人の魂寄せをしているような。

呼原《よばる》——山懐

ハマカンゾウ／クイナ　口の権現・奥の権現

それからしばらく歩き、昼食をとった。秋野さんの握り飯もまた独特だな、と梶井君はいい、私も造形的に少し変わっているとは思ったのだが、客観的な評価はもとより下せない。しかし無理をして食べている様子はなく、うん、うまい、と呟いたのでほっと

する。しかし続いて、

「なんだか、その人間のつくった握り飯を食べるというのは、不思議な気がしませんか。俺、初めて母親以外の人間の作った握り飯を食べたとき、それは村の葬式だったんですが、妙な感じがしました」

　率直な男なのである。

「そういえば、友人に、母親の握り飯以外の握り飯は食えない、というやつがいたなあ」

「わかる気がする」

　梶井君は深く頷くのだった。彼にはいわなかったが、それは人間関係において何かの境を越えた気がする行為なのだろうと思う。そういう境は実は至る所にあるのだが、ひとは立ち止まってそのことを考えることをしない。気づいたときには、ずいぶんその人間と親密になっていて、よくも悪くもそれぞれの人生に影を落とすような「濃さ」を生じさせてしまっている。

　今夜は野宿を覚悟していたが、梶井君のいうには、紫雲山精舎の立ち並んでいた——いまはもちろん往時のような堂宇は見られないが——権現谷には猟師のための番小屋があるのだという。山懐の番小屋、と彼が呼ぶそこまで行くには、だいぶ歩かねばならないという。それで、腹ごしらえをすますとすぐにまた出発した。

良信の防塁は延々と続き、海は眩くきらめき、日射しますます激しく、風はもう凪いでそよとも吹かず、何とは知れぬ何かに追い詰められていくようで、しまいには息苦しくさえなるのだった。

良信は何に囚われていたのか。何から何を守っていたのか。可能なら、島全体を防塁で囲もうと思っていたのか。

側を行く彼に気遣われないよう、吐く息吸う息、整《ととの》え調《ととの》えして歩を進ませれば、

「以前はこの原一面、ハマカンゾウの花畑だったんですよ。ひどいな。ヤギが食い尽くしている」

そうか、といってまた黙々と歩く。ただ一輪、ごく小さなハマカンゾウの花が、大殺戮の悪魔の口を逃れて崖際に咲いているのを見つけた。

呼原を過ぎる頃から、紫雲山の頂をよく目にするようになった。当初は思わず足を止め、しばらく見入りもしたが、山のことなど忘れて歩むうち、また不意にそれは姿を現し、そのたびにその頂上のヤマシャクナゲを思い、そんな唯一無二の実のこもった贈り物などついにもらうことなく逝った娘のことを思った。

山懐は、紫雲山と胎蔵山の間、権現谷の胎蔵山側に当たる。胎蔵山には行者たちが修法に励んだと思われる場所が多く地図に記されている。

呼原から権現川に沿って権現谷へ入る。ひんやりとした風が奥から吹き抜けてくる。急激な温度の変化に、体が生き返ったようだ。しかし今までいたところがあまりにも暑かったのでそう感じたのだ。次第にここも、湿度高く不快なことには違いないことがわかる。

七、八米《メートル》にならんと思われるヘゴの林に圧倒されつつ、奥へと進めば、やがてヘゴの木に代わり、幾抱えもありそうな杉の木立が現れる。これは明らかに古い年代に植樹されたものと思われた。その向こうに、数米ほどの巨石が屹立している。これが、地図にあるところの「口の権現」だろう。地図を見せ、そのことを梶井君に知らせる。川の音が響くので、声が心持ち大きくなる。

「ああ。この石。そういうことだったんですか」

頷きながら、梶井君は石に向かって頭を垂れた。慌てて私もそれに倣う。

そこからさらに奥へと進む。寺院群は、この崖の上に建っていたはずだった。なるほど、ここなら向かい側の紫雲山の山頂を望みつつ修行に励むことができるわけである。やがて右手に大岩が二つ、というより一つの大岩が二つに分かれた、その裂け目が現れた。希代さは、いかにも修験者の好みそうな迫力で、裂け目の前には鳥居が残されている。廃仏毀釈の嵐から、少なくとも鳥居は難を免れたというわけであろうか。これが「奥の権現」であるらしい。中に入り、岩を登るように進み、目を上ぐれば、岩壁高く鉄鎖が下がり、役行者と不動明王の像が祀られている。さらにその奥、闇の中をぼんやり光るものは、発光性の茸の仲間だ。

「さすがに神道急進派も、この恐ろしげな様子に手出しができなかったのか」

「さあ。見て見ぬ振りをしていたのかも」

闇の奥の、薄ぼんやりとした光を見ているうち、急にそれを直に確かめたくなった。鉄鎖を手にとり、数回引っ張り、強度を確かめると、足をかけ、登り始めた。

「行きますか」

梶井君が後ろから、驚いたような、訝るような声をかける。ざらざらした鉄鎖を摑んでは離す手から、錆びた鉄の匂いがしてくる。返事をする余裕もなく、攀じ登り、不動明王と役行者に目礼をしつつ、その斜め上に穿たれた洞窟の端に手をかけた。この奥からずっと、苔が光っているのである。しかし、奥から染み出てくる水のせいで、すべってなかなか手がかけられない。むきになってかけた手の心もとなさを無視し、無理やり体を浮かせると、大した勢いもつけなかったはずなのに、鉄鎖は信じられないほど大きな音を立てた。

「こりゃいかんが。秋野さん、もう、いかんですが」

梶井君の、珍しく、土地のことばの抑揚をそのまま残した叫びが、私を我に返らせた。苔の光は、洞窟の奥に従って強くなっているのがわかる。しかし急に、霧が晴れて初めて已が、深い谷を臨む断崖の縁にいたことに気づいたかのような、冷たい震えが起こった。もう、これ以上は行けない。理由はわからない。そっと足を元に戻すと、ゆっくりと下り始めた。鉄の鎖だ。この湿気では、ぼろぼろのはずだ。もってくれよ、と願いながら下り立った。

「よかった」

「……声をかけてもらってよかった」

「出ましょう、とにかく」

権現谷へ戻ると、もう明らかに日暮れが近かった。

「何だったのだろう、あれは」

私が小さな声で呟くと、

「あまり、考えんことです、こういうことは」

梶井君も小さく返した。

「すぐそこですが、急ぎましょう」

右手に、階段状の坂道が出てきた。そこを登ると、開けて平らな土地に出、小屋はそこにあった。裏手の方で、数名の声がしていた。

「誰かいる。ちょっと、話をしてきます」

梶井君が裏へ回ると、一瞬声が静まり、それから威勢のいい声が続いた。しばらくし

て戻ってくると、

「ヤギを解体していたのです。泊まるのはかまわない、ちょうどよかった、ごちそうしようといっています、が、どうしますか」

梶井君はちょっと困ったような顔をして、私の返事を待たずに続けた。

「もちろん好意もあるんですが、彼らには、秋野さんに対して、好奇心っていうのか、なんというか、そんなのもあります。どうしますか」

私を気遣っているのだろうと思い、

「いい機会だ、ぜひお願いしますといってください、ああ、僕が行きましょうか」

うん、でも、と歯切れの悪い声で、

「ことばがわからないと思います。けれど、まあ、なんとかなるでしょう」

いっしょに裏へ回り、一瞬たじろいだ。鮮紅色の、暗い赤の、黒い何かの、展開する肉の波が、怒濤のように目に押し寄せてきた。皮を剝がれた、解体途中のヤギだった。

あけすけな肉の部分より、動かない毛の部分が血に汚れてずっしり重たげにしているところの方が生々しい。先ほどその毛皮が、丸ごと生きて活動しているさまを見てきただけに、生と死が、瞬時の暗転で場面が変わったように迫ってくる気がした。

梶井君の猟師仲間は――梶井君も銃をもつひとだというのは話のなかから推測したことだが――ちらちらと私の反応を見ている。

「今夜、お世話になります」

総勢三名、熱心にこちらを見ているのだが、反応がない。梶井君がいいそえて、それからようやく彼らは頷き返した。それから一つ二つ、何かいって、軽い笑いが起こった。話すことばが、全くわからない。この島の、北の方の、たとえば龍目蓋《たつのまぶた》、本村、影吹《かげふき》の辺りなら、それぞれ違いはあるし、完全に理解したということはなかろうとも、だいたいの意思の疎通はできたのだ。しかしここに至り、ついに全く解せないという事態に直面したのだった。こちらに悪意のないことを示すため、ただ力なく、手持ち無沙汰に、微笑んでいることしかできない。彼らと話し込んでいた梶井君がこちらを振り向き、

「秋野さん、そっちへ行ったところが細い滝になっていて、そこで体が洗えるみたいです。そこで汗を流してきたらいい、といってくれています」

三人とも、最前と同じようににやにやしてこちらを見ている。にやにやと思ったのは、彼らにしてみればにこにこなのかもしれぬ、こちらの表情と感情の関係式を、再考する必要があるのかもしれない。

「もうじきしたら真っ暗になる。その前に行きましょう」

梶井君に催促され、荷物を背負ったまま、彼の後について歩いた。確かに滝の音がしていた。小さなテラス状になった土地の、端まで歩いた時、何かの礎石に気づいた。

「そうか、ここは、薬王院跡か」

ずっと見てきた地図と自分がさっきからいる場所の現実が、合致した瞬間であった。

「ああ、あの地図の……。そうか」

梶井君共々、改めて辺りを見回す。そして顔を上げれば、そこには夕焼けで片側だけを赤く染めた紫雲山が、思わず声を上げるほどの存在感をもって、そこにあったのだった。それに気づけばもう、それなしに生きていくことはできない、あれを見た以上は、神と崇めて、修行する外ない、と腹をくくる修験者も、確かにいたに違いない。

そこから横道を降りていくと、権現川に収斂される小川なのだろう、大きめの石の上を奔る細い流れがあり、それのよって来たるところを見れば、窪んだ岩の真上から、まるで一人分だけの水を流すというように滝が落ちていた。昔はここで滝行を行じていたのだろう。

「水の勢いがすごい。痛そうだな。俺はいいです」

梶井君は、そういいながら上半身裸になり、濡らした手拭いで汗を拭き始めた。私は上下を脱ぎ、滑りそうな足もとに緊張しながら水の落下する岩の上へ渡った。

「おお」

梶井君の歓声が上がる。次の瞬間、頭に鋭い衝撃を感じ、すべての音が遮断され、あらゆるものから、私は隔絶された。十を数えるのがやっと、すぐに滝から逃れた。

「やりましたね」

「脳天に穴があくかと思った」

下着を脱がなかったのは、洗濯の効果を狙ってである。滝ばかりか禊の川で、洗濯などするのは不敬なのかとも思うが、禊とはそもそも世間の垢を落とすところなのだからかまわんだろう、と梶井君と言い訳をしつつ、他の汚れた衣類等も洗って小屋に帰れば、三人の猟師は小屋の前に焚き火を起こし、すでに解体の終わったヤギ肉を、串に刺して焼いているところだった。

「ああ、ヤギ鍋だと大変だと思っていたが、焼くのならまだ臭みも少ないだろう、よかった」

梶井君が傍らで呟いた。彼が渡しておいたらしい一升瓶が、麗々しくおいてあった。座れ座れ、といわれているのが仕草でわかり、私も梶井君も焚き火の周りに腰を下ろした。ヤギの肋《あばら》骨の一本一本が、しっかりと肉を付けたまま切り離され、うまく火に炙られるように按配して立てられていた。ジュウジュウと脂が滴り、かんばしい匂いがしている。湯呑みが回され、一升瓶が傾けられ、それからお湯の入った薬缶が回る。焼酎のお湯割りなのだった。梶井君が何かいい、皆が、ほう、と好意的な視線を私に向けるのがわかった。何をいったのかと訊くと、

「秋野さんが滝行をしたという話を」

「それは大げさだ。真似事程度だったのを、見ていたくせに」

私がいうと、一斉に笑った。不思議に、何をいっているかわかったようなのであった。

「通じることもあるんだなあ」

「俺もうまく話せないけれど、いっていることはわかります。彼らも、俺のいっていることはわかっている。通訳しますよ」

まさか梶井君に通訳の世話にまでなろうとは、出発前は思いもしないことだった。

焦げ目のついた肋を手渡されたので、どうも、と軽く頭を下げ、かぶりつく。中はまだうっすら赤味を残し、柔らかく、多少の臭みもあるが、塩味が効いてうまかった。口に出してそういうと、ほっとしたように、皆がそれぞれ、体から力を抜く気配が伝わってきた。梶井君は、夏場のヤギは緑の草を食べるから青臭いんだそうです、と彼らのことばを通訳する。いや、それほど気にならない、と、応じると、なかの一人が愉快そうに立ち上がり、向こうで何やらごそごそしていたが、やがて戻ってきて、ハランの葉に盛った、刺身様《よう》のものを味噌といっしょに差し出した。梶井君は心配そうな顔で、三人ははにやにやと、私を見つめる。ここは食さないわけにはいかないだろう。肉はどうやら二種類で、両方とも薄く削ぎ切りにしてある。一種類は完全な生肉だが、もう一種類は、外側が炙ってあってコリコリと固く、中はタラの子のように柔らかい。ははあ、と思ったが、真面目な顔で、ことさら味わっているように食べた。味噌には野蒜も刻んであった。彼らはおかしさを堪え切れないようすで、梶井君に何かいう。梶井君はげんなりした声でそれを私に伝える。予想されていたことだったが、私は大仰にたまげて見せる。座は、大爆笑である。

　アルコールが入って、彼らがずっと打ち解けてきたのがわかった。あるいは、私の側もそうであったのだろう。肋骨は一本食べればかなり腹がくちくなるほどの量であった。猟師三人は三人ともよく似ていた。訊けば兄弟と従兄弟だという。時々は鳥獣も獲るが、ふだんは山仕事に専念しているのだそうだ。ヤギは今日たまたま、岩の間で足を砕かれ、死にかけていたものに出くわしたので止めを刺してやったのだということだった。赤銅色の顔の皺は、黒く線を書いたようで、それぞれ背は高くないが身のうちのどこかにがっしりと弾機《ばね》が潜んでいるようであった。体の成り立ち、身のこなしは、いかにも山の暮らしに洗練された、こうとしかありようがないという具合に成ってきたものであった。そのうちの一人が、梶井君に話しかけた。梶井君は、

「この人が、秋野さんに、山の中を歩き回って、何か面白いことがあったか、と訊いています」

　訊いた本人は、うんうん、というように身を乗り出して私が話し出すのを待っている。そうだなあ、としばらく考えて、そうだ、クイナの話をしよう、と思った。


　この島へ着いて、最初に山へ入った日の話だ。

誰もいない林道を、向こうからクイナが歩いてきたのだった。道を、歩いてきた。こちらには全く頓着なさそうなようすだ。

すれ違った。

信じられなかった。そんな警戒心のないことではあっという間に絶滅してしまうだろう。追いかけて、ヒトの恐ろしさを教えた方がいいのか。振り向くと、すたすたと歩み去った彼のクイナもこちらを振り向いたところであった。

目が合った。

クイナはすぐにくるりと前を向き、足早に歩み去った。

「そういうことがあったのですよ」

あのときの、普段使わぬ神経まですべて覚醒するような感覚は、思い出しても私を昂奮させる。

「鳥だって、獣だって、それは道の方が歩きやすいですよ」

梶井君は、なぜ、私がわざわざそんなことを話題にするのかわからないようすだった。いわれてみれば、藪の中より道の方が、歩くにも走るにも障害が少なく使うエネルギーも少なくてすむのは当たり前だ。生きものがそちらを選ぶのは合理である。私もだんだん、そういう当たり前のことに驚く自分の方がおかしいような気がしてきた。

それでも一応梶井君はそれを「通訳」し、彼らは大きく頷き、しゃべり始めた。私に向かって、クイナの講釈をしているようであった。

「彼らは今、クイナ捕りの罠について説明してるんです。ちなみに」

梶井君は、

「昨日食べた鳥肉、あれ、クイナです」

そうか、そうであったか、と私は少し複雑な気分になった。クイナとは、最初の日にそういう遭遇の仕方をして以来、愛着のようなものを感じていたのだった。

「そうだ、カモシカのことを訊いてみてくれないか。山に入ると、ときどき、一頭でいるカモシカに出会うんだ」

梶井君はそれを伝え、彼らはまた、大きく頷きながら話し始めた。梶井君が「通訳」した話は、こういうものであった。

カモシカは基本的には群れをつくらない。いつも単独で行動する。たまに繁殖期間中や子育て中の「小群」に出会うこともあるが、それも時期的なものである。

冬場、雪の中で、仁王立ちのようになって立ちすくんだまま動かないカモシカを見ることがある。

群れなすシカならば、雪中行軍することがあっても前のシカに倣って歩けば楽だろうが、いつでも単独で動くカモシカは、いちいち深い雪の中に穴をつくるツボ足で移動しなければならない。

それはかなり消耗することだろう。この辺りの雪が、水分を含んだ重いものであることは容易に想像がつく。疲れ切って動けなくなるということもあり得る。

そういえば、と梶井君が自分の話をした。

「小さい頃、そういうふうにしてほとんど凍った状態で立ったまま凍死したカモシカを父が担いで帰ってきたことがありました。カモシカの肉はうまくて、滅多にありつけないごちそうだった。子どものときは無邪気に喜んでいたものでしたが。大人になって山を歩くようになってから、私も、雪の中、ぼうっと突っ立ったまま、遠くを見ているカモシカを何度か見かけたことがある。何を見ているのか」

何を見ているのか、視界もろくにないような、降りしきる雪の中で。

しかし、座り込むでもなし、立ったまま死んでいるというのは、どう考えればいいのだろう。温かい体は耳の先から、足の先から凍りつき、壊死していき、だんだんに死にながら、その目は何を見ていたのだろうか。瞳に、最期に映るものは何だったのだろうか。

それぞれ昼間の疲れもあり、やがてうとうとするものも出だして、小屋の中で眠ることになった。筵《むしろ》を渡されて、それに横になったが、案の定ノミに咬まれた。それでもいつの間にかうとうとしていたと見え、気がつけば夢を見ていた。
結界の張られた、明らかに神聖な場と思えるところで、私は座禅を組まなければならないことになっている。そこは歴史のある道場だ。座禅を組むまでにはまだ猶予があり、私は歩き回ってその場所のことを知ろうと思っている。しかし、だんだん不安になってくる。そこにいまだ漂う、無数の無常を見つめる祈りが、立とうが座ろうが歩き回ろうが、私を追い詰め追い詰め、今にも叫び出しそうな思いにするのだった。その密度の濃さで、世界の無化と同時に自身の無化をも行えと激しく迫る。やめてくれ、やめてくれ、と叫ぼうとして声が出ない。そこで目が覚めた。

草葺きの襤褸屋根を通過して、屋内へ光が、幾本もの線状になって漏れていた。皆が眠りにつくなか、静けさを破らぬようゆっくりと半身を起こし、一人呆然とそれを見つめる。

夜遅く上り始めた月は、深更、山間の小さな苫屋の屋根にも、その清明のまなざしを、皓々と降り注いでいたのだった。このように不意に目覚めることのなければ、私自身最後までそれに気づかずにいて、また誰一人気づくものもいない、ただただ無心に漏れ来る光の林よ。

立ち上がり、外へ出ると、あまりの明るさは地面に自分の影ができるほどであった。いつの間にか晩夏夜半の虫の音が、遠慮深げに辺りに響き、月光は紫雲山の稜線を白々と浮かび上がらせていた。厳かさに、知らず、跪いて、頭を垂れる。

山懐——尾崎——森肩　ウバメガシ／イセエビ　恵仁岩《けいにん》

明け方、夢うつつ、猟師三人が出て行ったのを覚えた。

稗と粟と芋を一緒くたに炊いたようなものが釜に残っていたので、私たちはありがたくそれを朝食とした。もう今日食べないと危ないと思われたトビウオの干物も——道々の休憩時、黒砂糖を齧りつつ炎天に干し直したりはしてきたが——焼いて食した。トビウオの胸びれは、広げるとほとんど鳥の羽のようにたくましく大きかった。魚なんだか鳥なんだか、と梶井君が呟いた。

私たちもまた、準備を整え、尾崎へ向けて出立する。朝明るくなってからつくづく辺りを見回し、奇岩の類いの多いのに気づいた。どうやら胎蔵山にかぎっては石灰岩質の山であるらしい。それなら洞や風穴、滝やドリーネなどが、彼らの修行の場となったことだろうと合点がいく。

権現川沿いは暗い渓道である。嶮しい断崖を、大型のシダが覆う。天井では木々の葉っぱが所狭しと日光を争奪している。さかんに警戒するヤマシギの鳴き声が続いているのは、我々が巣の近くに来ているのだろうか。

断崖は、しかし、無惨に削り取られているのがわかった。善照地図から見ると、そこは磨崖仏が並んでいる場所のはずだった。

磨崖仏は削られ、そしてその上を、まるで傷を覆うかのようにシダ類が生え始めていたのだった。そのことを梶井君に知らせ、しばらく二人声もなく立ちすくみ、黙禱するように目を閉じた。

やがて胎蔵山から流れ出る滝が、権現川の本流として始まる場所にたどり着いた。ここもその昔は注連縄なり鳥居なりが岩肌を飾っていたことだろう。反対の紫雲山側にはずいぶん急な勾配の涸れ谷があった。それが本流と合流しているような形になっているので、豪雨のときには涸れ谷も水の道になるのだろうか。しかし地図ではどうもこれが紫雲山登山への入口の一つ、権現口のようなことが書いてある。権現口であるなら、この勢いで涸れ谷は山頂まで突き抜けていくのだろう。腰鈴をつけ、ホラ貝を吹く山伏が、ひたすら山駈けていったのかと思う。しかしそれはあまりに危険だ。途中、鉄砲水の出る可能性がある。その懸念を梶井君に伝えると、

「自殺行為ですね」

と、首を横に振った。

山際に、数段の細い石組みだけが見えているところは、本来なら薬師堂のあったところであろう、と思われるが、これもまた確信は持てない。

そこからさらに、渓を出ようとする辺り、左側に石段が何段か続いており、そこを登ると日の当たる台地のようになっている所に出た。おそらくここが、蔵王院の跡と思われた。

百坪もあろうか。寺院の敷地としてはそれほど広いものではない。だが万事に盆栽のようなつくりの島の寺であったとすれば、ずいぶんな広さなのである。二抱え三抱えもありそうな杉の古木が数本まっすぐに天を指して立っている。山沿いに石垣の跡が残り、五輪の塔の地輪であろうか、土台石も残っている。仏像の類いは何一つない。

「ここで善照さんが育ったんだ、きっと」

「うーん、どんなふうだったんだろう」

山から走り出てきた小川が、敷地の端を横切っていた。丈高い草に埋もれて、手水鉢が転がっている。杉の古木の根元には、ツワブキの一群があり、重たげに蕾を持ち上げていた。秋の準備なのだ。ツワブキの濃い黄色の花を思った。島の古びた寺院の庭の彩りとして、幾星霜ここで過ごしたことだろうか。そして、見るものが誰もいなくなっても、こうしてまた次の秋のために丹精した蕾を持ち上げようとしているのだ。せせらぎの音と、崖のどこからか滴ってくる水音だけが、辺りに響いている。

「子どもだった頃は、あの小川で遊んだりしたのかな。子どもでも修行僧だから、そんな暇はないのかな」

梶井君が呟く。山から、風が吹き降りてくる。風など、自分に吹いてくれるな、と思う。こういう廃墟とも山ともつかぬ場所で、風に、吹かれるのは、耐えられない思いがした。けれど無論、寺院がしっかりと確かなもので、数百年もの間連綿と続き得た堅固さを持ち、誰もそれの存続を露とも疑わぬ日常のなかで吹かれる風は、これとは全く違ったものだっただろう。

絞れば水が出るような湿気。蒸し暑い島の夏を、風はただただ渓筋から涼しげに吹いたのか。彼らはその風に救われるようにため息をつき、目を細めたことがあっただろうか。

そこからはあっけないほどすぐに、本土側の海へ出た。渓を出たところで、ずっと、本村から続いていただろうと思われる島の周回道路に――それはせいぜい荷馬が通れるくらいの幅なのだが――行き当たり、その道を行けば、歩くのは比較的楽だった。それでも次から次へと道は山襞をまがりくねっているのだが。湿気も渓ほどはないし、直射日光はといえば、ちょうど太陽が島の向こう側を照らす時間帯だったので、その苛酷さを味わわなくてすんだ。この辺りの山は、ほとんどすべてウバメガシで覆われていた。渓を歩いていたときも、それには気づいたのだが、外側から見るともう感嘆するほどウバメガシ一色なのだった。

尾ノ崎湾は、見事に弧を描いて、垂直に切り立った断崖は白く、海鳥が営巣しているのが見えた。一番下はほんの少しだが砂地になっており、朽ちかけた桟橋があるのがわかる。小さなボート程度なら出入りが可能だったのだろう。あるいは艀《はしけ》を使うか。影吹《かげふき》や本村の方が港の立地としては遥かに機能性が高い。

法興寺はかつて、そこをぐるりと囲む格好で広がっていた。

権現谷沿いの僧坊であるなら、仏教的遺物は石灰岩でできた胎蔵山のドリーネのひとつにでも投げ込めばすんだのだろうが、さすがにここからは遠い。この法興寺のそれは、多くこの断崖に投げ込まれたことだろう。

大小の礎石だけはあちこちに残っていて、寺院の大きかったことを思わせた。それだけに、この圧倒的な山や空、海はそのままで、ただ人の営みに関するもの、そのほとんどすべてが消えてしまったということを、どう捉えるべきか戸惑い、むしろ清々しいとは思えないのか、と自分に問いかけてもみた。佐伯教授の地図によると——佐伯教授は善照その人に会っているのに、善照から地図は受け取っていない。これは彼の、善照の、ごく個人的な、本人の存在の根幹に関わるものだったからだろうと推測する。私ももし彼が生きていたら手にすることはなかったかもしれない──山間に残された他の寺院のいくつかには五輪の塔や伽藍の一部もあったというから、私が行ってみないだけで、行ってみたらそれは今でも、草の中に横たわっているのかもしれない。ひとが見る見ないに関係なく、ただそこに在る、というふうに。

けれど、この、胸を引き千切られるような寂寥感は。

空は底知れぬほど青く、山々は緑濃く、雲は白い。そのことが、こんなにも胸つぶるるほどにつらい。

私は黙って歩き続けた。梶井君は何も話しかけてこなかった。

あるところから、ようやくその存在がはっきりと見えてきた。断崖の岸から、数十米《メートル》ほどの距離をおき、まるで天から矛を突き立てたように、その巌は忽然と屹立していた。

それは如何にも唐突だった。だが、出自は凝灰岩であろう、足がかりになりそうな窪み、でっぱり、そして洞のようなところもあるので、長時間そこで過ごすことも、潮の加減では不可能ではないだろう。しかし、辺りには、それに続く岩も、土も草も木も、何もないのである。もしもそこに攀じ登り、経を読むとしたら、海そのものに対峙している、ということのほか、何の逃げも打てない。

「ああ、恵仁岩だ」

ため息のように呟く。初めて見る恵仁岩は、それでもすでに文書のなか、心中深くで出会っているので、むしろ懐かしささえ覚える。

「へえ、恵仁岩、っていうんですね。ケニン岩、って呼ぶやつもいたけど、ちゃんとした名があるとは知らなかった。変わった岩だなあ、とは思っていたが」

私は雪蓮と恵仁の話を伝えた。梶井君は、聞いたことがなかった、と驚く。

「なんでだろう。寺のうちだけで伝えられていたのかな。けれど、そのおゆきさんの養父母も影吹にはいたわけだから、その話が残っていてもおかしくはないですよね。ただ俺が知らなかっただけなのかな。それとも俺の集落がそれだけ孤立していたということなのかな。だが、何か、胸を打つ話ですね。こんな島にそういう話があるとは」

瞳を輝かせて感激を語る姿に、眩しいものを見るような思いだった。

起き伏しをともにするうちにはであろうが、これだけ素直に感情も吐露し、己れのことは訊かれればなんであろうと率直に答え、だが、決して私の素性に深く立ち入ってこない、というこの性質は、いったい遺伝的なものなのだろうか、それとも彼の本質的な弱さ優しさから来るものであろうか。感嘆するような思いも加わり、ことさらに彼を眩しく見たのだった。後にこのことを山根氏に漏らすと、「秋野さんは島の「客人」なんですよ。マレビトなんだ。敬意ですよ。そんな根掘り葉掘り訊くなんてことはとてもできない、きっとそういうことですよ」と、微笑んでいったものだ。

「良信の石切場」はすぐにわかった。断崖の上に、ぽっかりと盆地状に穴の空いた部分が在るのだ。内部が階段状になっていて、そこが石切場であったことは一目瞭然だった。ただ、一帯にはすでに土が被り、あちこちに草が生え、灌木が茂っている。ここから石を切り出し、どんな工夫をして外洋側の海岸線まで運んだものか。

「壮大な……偉業ですかね」

うん、偉業なんだろう、と呟く。今、同時代を生きている誰よりも、私は会ったこともない遥か昔の良信を近しく思っていた。

梶井君が、近くに断崖を降りる小径を見つけ――それはまるでヤギがつけたかのごとくにそこにあった――海へ潜った。私は上で待っていた。海底は、夥しい伽藍の残骸、仏像仏具等で埋まっていたそうである。それはまた、文字通りの墓場のような、という と、いや、そうでもない、魚礁になっており、色鮮やかな熱帯魚もけっこう混じってい て、なんだか楽しそうに賑わっている、それもまた諸行無常を感じさせる光景でした、とあとで感想を述べた。そして彼はここでなんとイセエビを獲って上がってきたのだった。遅島はイセエビで有名な所でもあると、このとき初めて知った。

その日は尾崎で野営をし、イセエビの刺身を食した。得もいわれぬ甘さであった。翌日、尾崎から尾浦へ、ほとんど何の障害にも出会うことなく歩いた。この道は、地図に獺越とされているところだった。善照文書によると、尾浦はその昔、在家の修験者が狭い段々畑をつくり、ほそぼそと穀物や野菜をつくっていた在所であった。しかしここにももう、誰もいない。段々畑は草が生え、廃墟には葛が伝い、そしてまた空はどこまでも青く、雲は白いのだった。誰かがふらっと出てきそうな気がしますね、と梶井君がい い、ほんとにそうだね、と返しながら、ひょっとして自分は亡者の世界を歩いているのではないか、もしかしたらこの道行きは、最初からずっとそうだったのではないかと、半ば本気で思った。

その後、再び尾ノ崎湾沿いを歩き、紫雲神社を訪ねた。ここを訪ねるのには少しく葛藤があった。神仏分離令発布の後、ここの宮司として乗り込んだ一派が、このように無惨な乱暴狼藉に及んだのである。だが今の神主は気の弱そうな男で、寺のあった時代のことは知らない、と、あまり言及したがらなかったが、そのほかについては好意的で、宿泊もさせてもらえた。

帰途はタツノオトシゴの胸側を北へ向かった。本土側の周回道路に沿ったのである。地形や植生を確認しつつ、途中屋城で一泊し、私たちが森肩の山根氏宅に戻ったのは、出発の日から一週間後であった。

帰り着いたのは夕方だった。庭に入ると、ちょうど木立の間の海の、水平線に、白い長方形の何かが、揺らめいて見えた。

「ああ、蜃気楼だ。海うそだ」

思わず声を上げると、

「ほんとだ。島中回ったのに、ここでしか見られなかった」

二人でぼんやりとそれを見つめた。玄関の方で音がして、岩本さんが出てきた。

「ああ、ご無事で」

満面の笑みである。山根氏も出てきた。

「ただ今帰りました」

「焼けたなあ。真っ黒だ」

いわれて思わず梶井君と目を合わせ、苦笑した。もともと灼けていた梶井君であったが、確かにこの一週間の晴天続きは、彼の顔を漁師のそれに近くしていた。私も似たような次第であったろう。それから、

「海うそ、出てますよ」

と、沖合を指した。

「ああ、砂漠の城ですね、これは」

「これは珍しい」

四人でしばらく見つめる。山根氏がぽつんと、

「うそ越えをして。父のしばしば呟いていたことばを、最近よく思うのです」

そうだ、うそ越え。

そのことばも、不思議な力を持って私に迫ってくることばであった。

「佐伯教授は、生前善照さんに会っているのに、善照さんから寺院の地図などもらった形跡がありません。善照さんにとっては、個人的な思いの強くあった世界だから、簡単には人に手渡せなかったのだと思います。けれど、獺越については、注釈はないけれども、メモしてある。「うそ越え」について、善照さんが何か話したのではないのでしょうか」

「ありえますね」

山根氏は頷き、

「今となっては、知りようがないけれども。もう知っていることのようにも思える」

謎かけのようなことばだな、と思ううち、それはそのまま、二度と話題に上ることもなかった。

いっしょに夕食でも、と彼らは声をかけたのだが、梶井君は、いや、でも、ちょっと、と自宅へ戻った。母親が心配なのだろうと、皆察して、強いては引き止めなかった。

その日、森肩ではささやかな宴が開かれ、舶来の葡萄酒が振る舞われた。

「ずいぶん精悍になられた」

二人とも私に目を向けるたび、それにしても、といわんばかりに改めてまじまじと見つめ直すのだった。

「以前がよほど頼りなかったのでしょうか」

「いやいや。紫雲山は、十界修行、胎内修行の場ということだから、擬死再生のようなことが起こったのかもしれませんよ」

「十界、とは、地獄界とか餓鬼界とか……」

「そう。生きて在るそのことがそのまま苦しみとなる、憤りや恨み、瞋《いか》りに囚われて獄にあるような状況、それが地獄界。どんなに貪っても満ち足りるということを知らない、充たされることのない欲求に生きる苦しさ、執着、固執から離れられない、それが餓鬼界。強いものに媚び諂い、弱いものには見向きもしないばかりか、これを食らって糧とする、自分に益をもたらすものにしか興味の持てない、己の保身のみしか考えない畜生界。他者と競い他者に優越したいという欲求に身のうちを貫かれて、嫉み、妬み、僻みで身動きの取れない修羅界……」

「もう、やめてくださいよう」

岩本氏が冗談めかした哀れな声を出した。

「葡萄酒を少し、聞こし召されすぎでは」

「そんなことはないさ。これからやっと、煩悩から離れた、いいところなんだが」

「じゃあ、どうぞ」

「人界。これは真に人間らしい、理性を保とうとし、真理を尊ぶ境涯です。試行錯誤のなかでもより良い生き方を志向する。天界は、生きる喜び、満たされた瞬間に感じるような、幸福の絶頂、人間としては一度は味わいたい境地だね。しかしまあ、一瞬のもの、空しいものだが」

「いや、若いうちは、秋野さんはどんどん天界へおいでになるべきですよ」

岩本氏の激励に、思わず苦笑した。

「さて」

山根氏が芝居めいた咳払いをする。

「ここまでが六道輪廻。地獄から天界まで、大抵の人間はどこかの境涯にいて、ぐるぐる巡りもすれば、そこから脱け出せないでもいるわけだ。修業者は、そこから意識的に抜け出ようとしている人びとです。次の、声聞、縁覚、菩薩、仏は彼らの目指す四聖。声聞界とは、いうなれば、学問に勤しんで自分を向上させていこうという。縁覚界は、自分の行いのなかで、まあ、創造的なことでも、学問的なことでもいいんだが、それを通して宇宙の法、絶対真理の輝きを垣間見、無我の境地に至る、というようなことかな。菩薩界は、ひたすら他者の救済のために手を差し伸べる、そして仏界は、仏そのものになり切った境涯、といえばいいか。宇宙真理、宇宙生命と合一した」

「その修業を、秋野さんが成し遂げた」

岩本氏もまた、「葡萄酒を少し、聞こし召されすぎ」であったのだろう。愉快そうにいうので、

「私はとてもそんな」

「いや、この一週間は稀に見る晴天続き。いわば炎天地獄。これもまた地獄行。食事も不自由なことがあったでしょう。それは餓鬼行。ことほどさように、山行というのは、行く人間の心持ちで、十界修行になり得ます。十界とは、一人の人間のなかにすべて包括されるものだ、ひとは皆それぞれ、十界を身のうちに備えて在るのだ、と父もよくいっていた」

いや、餓鬼行どころか、実はイセエビが獲れて、という話をして、そこで、ひとしきり世界のエビ談義に話は移り、それが一段落したところで岩本氏はまた葡萄酒を仰ぎ、話を戻した。

「確かに地獄界や餓鬼界にいる人間なら、よく知っていた気がしますが、彼らにその、最後の気高い方もあるとはとても……」

「いや、あるのだよ。そういう人間にも。確かに、その人間が普段属する世界が地獄界、餓鬼界、ということはあるにしても。他の世界にも開かれている存在なのだ、人間

は」

他の世界にも開かれている——力強くいう山根氏のことばには、何か絶対的な説得力の気配があった。その絶対性はしかし、私まで届かず、私の手前で、ただ力強くそこに在るだけなのだった。私はその距離が哀しかった。

「お父さんは、善照さんは、ここを出られてから、どんなお仕事を」

「最初は、長兄の手伝いですね。彼の長兄が、維新の頃、外国人居留地で、外人相手の便利屋のようなことをやっていたんです。日常の、こまごまとした入り用なものを用立てる。そのうちいろんな知り合いもできて貿易業の真似事みたいなことを始めた。そこへ最初、見習いの形で入った。それから後に独立したわけです。存外商才もあったらしくて」

「善照さんは生まれたばかりの頃、島へ引き取られたと聞きましたが」

「ええ。彼が生まれて間もなく両親が亡くなり、そのとき長兄は十三だったんですが、兄弟が五人。困っていたところへたまたまやってきた雲水に彼を預けた。その雲水が、この島の寺院に彼を預けた、というわけです。兄の方も、別段、捨てたつもりではなく、ちゃんと素性がわかるような書き付けを渡していた。兄にしてみれば負い目があったのでしょう。神仏分離令で、島を追い出された、ということになったあとは、ずいぶん面倒を見てくれたようです」

「神仏分離令」

神仏分離令そのものというより、これが引き金になって起こった廃仏毀釈という現象が問題なのだ、ということは以前の山根氏の説明でよくわかっていたつもりだった。

「実際行ってみて、ほんとうにとんでもないことが起こったのだということがよくわかりました」

山根氏は葡萄酒のせいか頬を紅潮させ、

「教部省の差し金で東京からきた、紫雲神社新宮司、川西義彦は、当初、社僧たちを復飾させようとあらゆる方法を用いた。たとえば、父は、生臭もの、というものを生まれたときから食べたことがなかったのです。それを、寺にいた山伏たち皆とともに、無理やりのようにして食べさせられたといっていました」

「何をいったい」

「神国日本の、海の幸山の幸をもって身の糧となせ、というので、魚や鳥獣の肉を。ひたすら食べさせ続けた。それによって、彼らの意識革命をなさんと張り切っていたわけです。体が受け付けず、吐くもの、餓死しても喰わんと突っぱねるもの、けっこう食べ始めるもの、いろいろだったそうです。押し伏せて力ずくで口の中にねじ込むような真似もしたらしい。強情を張るものたちはことごとく、それならば断崖捨身せよと、追い詰めていったというような話も聞きました」

「断崖捨身」

「西の高野山、といういわれ方もしていたが、紫雲山は、本来修験道別格本山という扱いであったから、天台系の本山派、真言系の当山派のどちらにも属さず、独自の修行形態をもっていた。断崖捨身、崖から身を投げることは即身成仏のひとつのかたちだった。けれど、一年も経たないうちに、すべての寺院を抹殺同然にしたのだから、なぶりものにしていたとしか思えない」

「あの美しい山の裾野でそんなことが繰り広げられていたというのは」

ううむ、と考え込んでいた岩本氏が、ふと、

「なぜあそこまで行って、紫雲山へ登ってこなかったのですか」

急にそのことを訊かれ、面食らった。それは確かに、梶井君にも数回訊かれた。登らなくてもいいのか、と。その度に口を濁した。山には修行跡も多いというのもわかっている。だが、

「紫雲山に登ったら、紫雲山が見えない。麓を歩いていて、突然見える紫雲山がなんとも、よかったんです」

「それはまあ、そうだけれども」

あの猟師小屋での真夜中、まるでこの世のものとも思われぬような、月光に浮かび上がる紫雲山の頂を——それは私が見ようが見まいが、そんなこととはまるで無関係に、

超然としてそこに在ったのだった――「体験」したときのことを思い出していた。しかし、それをことばで伝えることは、到底無理だとわかっていた。それで、

「山根さんに、梶井君を案内に付けるように提案いただいて本当によかった」

と、心もち力を込め、謝意を伝えた。山根さんは微笑んで私の次のことばを待っていた。

「不思議な旅でした。自分は途中から、これは生者の来るところではない、という気が何度かした。正直なところ、梶井君がいなかったら、どうなっていたかしれない」

山根さんはまだ、微笑みを解かない。しかし、私はこれ以上このことについて説明することを避けざるを得なかった。

「そうだ、善照さんの育った蔵王院跡へも行きました」

山根さんは、ゆっくりと瞬きをして、それから、

「どうでした」

「ええ……」

山根さんはまだ、蔵王院跡へは行ったことがないのだと聞いていた。あそこのことは、なんとか誠実に伝えたい、と思いつつ、とりとめもなく出てくる感慨を、うまくことばにするのに苦慮した。

「ほとんど何も、残っていないんです。伽藍も、仏像も。覚悟はしていたんですが、

あれはどういうことなんでしょうか。ただ、礎石や手水鉢だけが少し、残っている程度で。ああ、それから石垣とか。さすがに石垣には宗教性は見出せなかったのだろうけれど。何もないんですが、ただ、その空間に風が吹いてくると、なんというか、応える」

「応える?」

「……ええ。応えるんです。ひどく、応える。何か、確かに、以前あったもの、というものがある。その気配は充分に漂っているのに、それ自体は、根こそぎなくなっている。それは、私がここに来る前から「応えて」いたものの、続きなのかもしれないが……。諸行無常、というのでは、何かとらえきれないもの」

山根氏はしばらくじっと考え、

「色即是空、ということかな」

と、呟いた。それを聞いた瞬間、頭の中にその風が吹き込んでくる感じがあった。ああ、と思った。この思いは即ち、そういうことになるのか。目から鱗が落ちたような思いだった。

「色即是空、なんて、頭ではとっくにわかった気になっていたけれど。初めてそのことばの内側に滑り込んだ気がする。これはすでに先人が何度も味わった感情だったんでしょうか。なんだか信じられませんが」

山根氏は笑みを、とても温かい笑みを浮かべ、

「君は、その続きを、これから探すことになるのかな。この世に、何か足がかりになるものを見つけて」

私は何も返せなかった。山根氏は続けた。

「足がかりになるもの……そうだな、新しい恋でも始めることです」

一週間後、私は本土へ帰り、帰るとすぐに、送る相手が必要とするに似つかわしい半襟を探しに、呉服屋を何軒か回った。

五十年の後

それから戦争を跨いで五十年が経った。

戦前、彼の病死で終わるまで、山根さんとは手紙のやり取りをしていた。その死を知らせてくれた岩本氏は、その後行方が知れない。ウネさん夫婦はその前に亡くなってい た。梶井君は、結婚後間もなく召集され、最後は南方の島で亡くなったと、出した手紙に、ずいぶん後になって老いた母上から返事が来た。あれほどあの島を愛した梶井君が、海外へ出、さらに南の見知らぬ島へ行ったとは。

現地の「戦い」がどのようなものであったのかは、南方帰りの復員兵の証言から、私たちも察することができるようになっていた。それは終戦からだいぶ経ってからのことである。あの真っ直ぐに育った若木のような気質で、彼がいかに苛酷な「戦場」を耐え抜いたかと思えば、ご母堂にはかけることばもなかった。善良さと優しさは、最後の瞬間まで彼から離れることはなかったと、私は信じているが、それは却って彼を苦しめることになったろう。大学から送り出し、帰ってこなかった学生や後輩たちへも口に出せない思いはあるものの、あの夏の、あの一週間だけが、生身の彼に接したすべてであったのにもかかわらず、梶井君のことは考えるたび胸が痛んだ。もっと話しておくことがあったような気がしてならなかった。たとえば、波音《はと》が、平家の落人集落であった可能性についてである。それが彼の大きな関心事だということがわかっていながら、私は専門家だというのに、とうとう何の示唆も与えてあげられなかった。

終戦の年の七月、そのときすでに四十を越えていた私にも召集令状が下った。兵役年齢の上限を引き上げて、こんな経験のない老兵まで当てにするようではこの戦争ももう持たない、と思ったが、案の定国内を移動させられているうちに終戦となった。

私はK大から三つの大学を転々としていた。いずれも遅島からは遠く隔たった土地で、とうとう再訪することはなかった。ウネさん夫婦、山根氏や梶井君の不在が、私をあの島から遠ざけていたこともある。あの論文も、結局仕上げられずに終わった。何かもう一つ足りないものがある、と不満に思っている間に、資料や原稿の草稿も空襲で焼けてしまった。これまでが幻になってしまったのか、と呆然とする思いだった。しかし、感慨にふけっている暇はなかった。大切なものを失ったのはそれが初めてではないし、また私のみに起こったことではないのだった。

名ばかりの出征の前、私は妻を得て息子も二人授かっていた。今では孫が三人いる。そういうことが、山根氏のいっていた、この世で生きることの「足がかり」となったのか。正直にいうと、私には未だ、わからないのだった。

世は建設ブームで、あちこちに巨大な建築物が立ち並び始めていた。大学の工学部を出た私の次男も、そういう仕事に携わっていた。ある日新聞で、遅島の文字を見た。あの島の名が、メディアで取沙汰されるのを見るのは初めてだった。懐かしさと複雑な胸の痛み、そしてまた、意識せぬまま待ち望んでいた手紙を差し出されたような思いで、私はその文字を眺め、記事を読んだ。遅島に本土から橋が架かったのだという。過疎化に悩む島が、新しい観光拠点となり、生まれ変わるだろうという明るい見通しの記事だった。半世紀という年月の経ったことに、思わずため息が出た。橋が架かった、とは。もう誰一人知人もいない島だ。けれど「生まれ変わる」前にもう一度見ておきたかったと思った。

最後に勤めていた私立大学を辞めてから、私は在野の一研究者として日々を過ごしていた。妻の寛子はそういう毎日を物足りなく思っているのか、よく女友達と連れ立って旅行に出かける。私と旅に行くと、とにかく歩かされるので苦行のようだと嫌っていた。無理もなかった。

その日も、寛子はヨーロッパへ旅行中で留守だった。巷にパックツアーというものが流行り出し、彼女は熱心にその情報を収集していた。団体行動なら現地で私が勝手な探索にのめり込むこともないだろうと、当初私にも誘いがかかったが、それはつまり、私向きではないということだというと、一応義務は果たしたとばかり、同じ旅行好きの友人たちと嬉々として出かけて行ったのだった。

一人の夕食後、本を読んでいると電話がかかってきた。

「もしもし」

「あ、父さん」

次男の佑二の声だった。もう子どももおり、齢四十になろうというのに相変わらずどこか稚気が抜けない。

「佑二。久しぶりだな」

「ちゃんと食べてるか、ときどき電話してって、母さんからいわれてさ」

こういうことを、寛子は私と同じ研究職にある長男、浩一には頼まない。以前から次男の方を気安く頼みにしていた。次男もまた、そういうことを引き受けて苦にならないらしかった。だが彼も仕事先で単身赴任のはずである。

「ちゃんと食べているさ。自分で電話して確かめればいいのに」

「海外からは高くつくからだろう」

「君は今どこにいる」

「父さんは知らないだろうけど、遅島っていう島、九州の」

電話口で、思わず目を見開いた。頭の片隅で、運命は、こういうふうに島を引き寄せるのか、と感嘆した。我知らず緊張して、ことばが掠れた。

「……知っている」

「へえ、知っているの。さすが地理学者だなあ」

別に地理学者でなくとも、知っている。君に知識がなかっただけだ、といいかけたが、それよりも気になったことがあった。

「遅島で、何を？」

「山下観光の仕事」

「橋ができたらしいね」

「ああ、よく知ってるね。これで本土と陸続きだからね。一大レジャーランド構想が持ち上がったんだ」

私は大きく息を吸って、それから吐いた。

「私も行こう」

「え」

「そっちへ行く」

「え、来るの」

佑二は明らかに戸惑っていた。

仕事柄、旅は慣れているのでこうと決めれば出立に時間はかからない、はずであった。が、まず、慣れているはずの旅支度に思いのほか時間がかかった。段取りが、驚くほど悪くなった。空港で当日便を捕まえるつもりで、翌朝家を出たのはよかったのだが、電車に乗ろうとして危うくプラットフォームの隙間に落ち込みそうになった。足を持ち上げ、着地させるという、脳からの神経系統の命令に、筋力がついていかないのである。こういうことは以前からあるにはあったが、うっかり気を抜いたときに起きるようなことであるはずだった。まさか、このような、軽い緊張を要する場面で、これが出ようとは。よほど青ざめた顔をしていたのか、すぐに席を譲られた。七十を越しても、こういう「善男善女の善行」の対象となるようなことはあまりなかったのに、八十を迎えた途端、まるで上着にそのことが書いてあるかのように、頻繁に席を譲られるようになった。上がらない足を上げ、階段を上り、倒れそうな体をエレベーターの手すりにもたせかける。一挙手一投足、文字通り命がけである。さらに目もかすみ、耳も怪しくなっている。

空港に着き、出発の時刻を確かめようと構内の時刻表掲示板を見上げると、今度は私の行くはずの空港の名がない。狐につままれたような思いで他の掲示板を探すが、みな同じである。まさか満席だから載せない、ということはないだろう。係の人間に訊こうと数歩歩いてはたと気づいた。何のことはない、ターミナルを間違えたのである。気づいてしかし、別に愕然とするわけでもない。粛々と、ただ次にとるべき行動に移るしかない。こういうこともまた、私について、最近多く見られる現象である。

遅島最寄りの空港まで飛行機で二時間弱。到着後、空港からバスで港のある町まで移動する。橋ができたので、船はもう出ていないかもしれないと危惧していたが、まだ一日二往復はしているらしい。ただし私が港に着いたときはすでに最終の便は出た後だった。仕事があるから迎えには来られない、と渋る佑二に、そんな必要はない、けれど宿は君の宿舎を貸してくれ、と昨夜伝えていた。本土側で宿をとってもいいが、すでに向こうに泊まる算段にしてしまっている。佑二も渋っていたなりにそのつもりで予定を組んでいるだろう。だから港のターミナルで大橋を渡るバスは出ていると聞かされたとき、橋を利用することに抵抗はあったが、結局乗ることにしたのだった。

港から見る島影は、五十年前とほとんど変わらないように見えた。バスに乗り、橋を伝って海の上を走り、島へ渡るということに、どんな感慨をきたすことかと若干身構えていたのだが、それは両側が海であるということのほか、あっけにとられるほど普通の道路と変わらないのだった。ただ、恐ろしいくらいの夕焼けが島の上部を赤く染めていた。胎蔵山、紫雲山、吊峰、谷島嶽、の、懐かしい稜線が、はっきり見えるに従って思わず瞑目した。が、途中で何かおかしい、と目を開け、もう一度、違和感を感じた胎蔵山を見る。やはり変だ。稜線が不自然に切り取られている。もしや、と、心臓の鼓動が早くなった。あれは島で唯一の石灰岩由来の山岳であった。戦後のコンクリート需要、セメント需要で、鉱業会社があちこちの山を採掘しているということは知っていた。

遅島大橋の、島側の取っ付きは、当たり前といえば当たり前だが、龍ヶ鼻だった。バスはまるで水陸両用のボートのように、そのまま本村まで走った。バスを降りると、村のあまりの変わりように暫し呆然と立ちすくんだ。雛壇のように素朴な家々の立ち並んでいた家並みは消え、本土のどこにでも見られるような小さな菓子のような家がぽつりぽつりと建ち、空き地多く、味わい深い路地は姿を消し、橋のせいで自動車の数が増したのか、駐車場が目立った。そして、目を疑ったのが幅の広い道路である。以前は海との境の山肌を、ひっかき傷のように細々と曲がりくねっていた周回道路が、どれほど山を削り取ったことだろう、二車線の、堂々たるものになっていたのだった。真夏ではあったが、薄ら寒い風が吹いているような心地がした。とにかくいつまでも呆然としているわけにはいかない。夕方であったので、まずは佑二の指定した山下観光ホテルへ入ることにした。それはバスターミナルを抱え込むように建っていたのでまちがいようがなかった。佑二はこのホテルの一室にずっと泊まり込んでいるということだった。フロントで息子の名まえをいうと、ああ、お待ちしていました、とベルボーイが呼ばれ、九階の部屋までエレベーターで案内された。

大きくとられた窓からは、すでに灯りが点灯している大橋の全景が一望できた。本村から龍ヶ鼻までは平地であるので、遮るものがなかった。ボーイが去り、一人になると、何をする気にもなれず、椅子に座ってただ橋を眺めていた。

たいそうな大事業であったことはまちがいがない。橋の向こうの先はかすんで見えないほどだ。どれほどの金がかかったことか。よほどの収益が見込まれない限り、こんなばくちのような工事に着手できるものではない……。

嫌な予感はますます強くなってきた。外はどんどん暗く、橋の灯りは明るさの度合いを増してきていた。

「ああ、父さん、よく来たね」

ノックもなく突然ドアが開き、佑二が入ってきた。

「迎えに行けなくてごめん」

何と声をかけていいものか、一瞬返事につまった。佑二は、一日働き通したもうさほど若くない男の、疲労とそれを押さえ込もうとする体内の力がせめぎ合うときに発する、奇妙に晴れやかな快活さをもって私に笑いかけた。

「疲れただろう。さあ、食事に行こう。ここに入っている和食の店がけっこういいんだ。刺身が新鮮で」

疲れているのは君だろう、と口の中でもごもごと呟きながら、彼について部屋を出た。和食の店は上の階にあり、我々の外に客はひと組しかなかった。まだ早いのかそれとも客自体が少ないのか、着いたばかりではわからなかったが、窓から見える大橋は、ますます夕闇の底に沈み、茫洋と海に融け込むようで、灯りばかりがその所在を主張していた。

「どうした風の吹き回しか。父さんがこんな、電光石火のように動くなんて」

「この島には思いが残っている。若い頃フィールディングしたまま、論文が書けずに終わった」

「へえ。そんなことが。因縁の島ってわけだな。じゃあ、俺が手がけることになったのも、その浅からぬ因縁のなせるわざ、かもしれないなあ」

確かに、因縁であるかもしれない。しかし、そうだとしたら、なんという因縁なのだろう。一大レジャーランド構想が持ち上がった、という佑二のことばを聞いたとき、突然の激しい胸の痛みとともに、この変容を見届けねばならぬ、と覚悟を決めたのだった。これは、島への自分の義務だ、が、こんな思いをするとは。そして、この変容に関わっているのが、他ならぬ自分の身内なのである。

「とにかく、明日は休みを取ったよ。滅多にないことだから」

「すまなかった」

運ばれてきたビールをつぎながら、佑二は、再会を祝して、と少しおどけた笑い顔でいいながら乾杯した。

「大きなホテルだろう。龍目池の近くに温泉が出るんで、そこから源泉を引いてるんだ。ゆっくり入ればいいよ」

そうか、と応えた。佑二は運ばれてきた刺身に目を遣り、

「父さん、これ、何の魚かわかるかい」

「……トビウオだね」

「ああ、よくわかるな、さすがに。三枚におろすとき、羽のついている部分がひどく頑丈で、そこを落とした跡だよ、これは」

そういいながら、刺身に残る「跡」を箸でつついた。羽ではない、胸びれだ、とは口にせず、

「胸の傷だ」

と付け加えて口にした。それから、

「胎蔵山は、あれはどうしたんだ、いったい」

意識せず、辺りを憚るように声が低くなった。別に佑二がやったわけではないということは重々承知しているのだが。

「胎蔵山？　ああ、セメント会社の採掘のこと？」

やはりそうか、と思いつつ、無言で頷いた。

「あれは、うちはタッチしていないよ。景観が悪くなって苦々しくは思っているけれど、仕方ないんだ。あそこを買ったのはうちではないからね」

「あそこは修験道の行者が修行した場所なんだ。歴史的なところなんだよ。そういう検証はなされなかったのか」

「ああ、そういえば掘れば仏像やなんかが出てくるって話は聞いたけれど……。教育委員会に問い合わせても、昔寺があったらしいということだけで、別にそんな、歴史的なんてことはいわれなかったと思うよ。ただ、地元の人が、クレームつけたことはあったらしいけど、会社側の言い分としては、もともと崩落の甚だしい山だったので、その部分を削り取っているだけだから、むしろ安全な山になる、削り終わるときが来れば、緑化対策もきちんとするから、今よりももっと登りやすくなるだろう、っていうことだよ」

ばかな、と思わず吐き捨てるように呟いた。

「動植物の方の調査は。カモシカとか、ヤギは」

「この島のカモシカはとっくに絶滅しているよ。え、父さんが来たときはまだいたの？」

ことばもなかった。絶滅。しかしそうであろうことも納得できた。

「ヤギは、野生のヤギ牧場、として一ところに囲って観光資源に一役買ってる。ヤギのチーズもつくる予定だ。今、スタッフがヨーロッパのチーズ工場に研修に行っている。五十年前ってどういうふうだった？」

佑二が悪いわけではないのだ。それはわかっていたが、

「一ところに囲って牧場に押し込んで、それが野生といえるだろうか」

「だって危ないじゃないか。家族連れが多いっていうのに」

口を尖らすようにして、子どものときとまるで同じ口調で、佑二は異を唱えるのだった。さっきからずっと、自分が弾劾するような口調になっているのに気づいた。深呼吸して、訊かれた五十年前のことを、少し話した。

「……森の中を歩いていたら、突然雨が降ってきたことがある。炭焼き窯あとの、土崖を浅く掘った洞にじっとしていると、いつのまにか隣に黒ヤギがいるのに気づいて、仰天した。何かの理由でずっとそこにじっとしていたのだろう。暗かったので私が気づかなかっただけなのだろう。向こうは最初から私を意識していたのだろうが。そのまま二人でじっと雨が治まるのを待った。そんなこともあった」

「へえー。牧歌的だなあ」

そうだ、こういう話が好きなやつだったのだ。もっとこの島の話をしてやれば良かった。もし私が彼らの小さいときからそう接していれば、事態は何か変わっていたのだろ

うか。

「この島の論文って、どんな内容だったの」

私の気分をそらすためにか、まるで接待のような顔をして、佑二は熱心に訊いてくるのだった。遠い記憶をひもとくように、私は訊かれるまま、佑二にもわかるようことばを選び、ゆっくりと話した。

「当時、南九州の家屋は、二つ家という形式だったんだ。二つの家をぴったりと繋げたかたちだね。一つの家は主に座敷、祖先崇拝のための仏壇や神棚があって、客間でもある、いわば外向きの男性支配の領域。もう一つの家は、台所や居間、うち向きの、女性支配の領域。けれど、ずっと南、ポリネシアから南西諸島までは別棟分離型、といって、それぞればらばらに建てるんだよ。一部屋一部屋がそれぞれ独立している。南九州より北の方では、二つの区分はなされなくて、大体が一つ屋根の下に、台所と座敷がある。ただし、その場合、女性支配の領域が圧倒的に小さくなる」

「なるほど。南九州なんて、男尊女卑の最たる所みたいなイメージだけど」

「そう。領域面積に限っていえば、男女同等なんだよ。南九州の二つ家は、南から流れてきた別棟分離型が、一つになろうとする過程でできたものではないか、そういう過渡期にあるものではないか、というのが論文の骨子だったんだが」

「違ったの?」

「いや」

山根氏の顔が、唐突にはっきりと浮かんだ。

「それは、北方から流れてきた一つ家型が、実は二つに分かれようとして分かれ切れないでいる形なのじゃないか、というひとがいて」

「へえ、それはまた、全然違う切り口で」

「そうなんだ。それで考え込んでしまって」

「結論が棚上げになったんだね」

いや、そうじゃないが、といおうとすると、男性支配、女性支配、ということばから、彼は何か刺激を受けたようで、

「母さんもよくやってたと思うよ。あんな能天気な母さんじゃなかったら、とても父さんみたいな慢性鬱とはやっていけなかったよ」

「――慢性鬱」

そんなふうに思っていたのか、と、ここで初めて子の視点に立って自分を見た思いがした。

「母さんは徹底してポジティヴ、前向き、未来志向のひとだからね」

寛子とは友人の紹介で知り合ったのだった。私にない、明るさと屈託のなさをもった女性だった。そしてそれは四十年以上の私との結婚生活のなかでも、矯められることとの

なかった強い資質だった。

何かの流れてきた過程ではない、南九州は、ただ、その形を選び取ったのだ、と、私はなんの裏付けもなく、そのとき不意に思った。ナカエとイエを、別棟構造のようにまるで違う生きものとして隔てることなく、だが一つ家のように同じ生きものに見せかけることもせずに。それは別々のものを、ただ寄り添わせて出来た形だったのではないか。

これは確かに、五十年前には思いつかなかった着想である。

翌朝、佑二の車で島を回ることになった。

エアコンの効いた、気密性の高いホテルの一室で過ごした島の夜は、湿度も風も感じられない、異空間のようだった。島にいながら島から遥か遠い時空にいるようなのだった。だが、朝、九階の窓ガラスの外側にカメムシが張り付いているのを見たときは、思わず微笑んで、そこでようやく少し、島の気配を感じることができた。

「よく眠れた?」

「眠るように努力した」

「父さんらしいいい方だなあ。さあ、今日はこれから、周回道路をまっすぐ南へ降りて、カルデラ湾へまず行こうか。あそこが絶景なんで、今、公園にするために整備中なんだ」

照葉樹林の森を押しのけながら、車は快適に緩やかなカーブを曲がっていく。チョウの姿は見られないが、これもスピードを出しているからで、今でも森に入れば見られるのかもしれない。気鬱ながらも、私は久しぶりの島に、多少は心が浮き立っているのだった。

「人口は、どんな具合なのかな。過疎化が進んでいる、とか、以前新聞にあったけれど」

「工事関係者や、こっちで雇用があるんじゃないかって期待して帰ってくる人やなんかがいるから、増えてるんじゃないかな、実際は。統計は知らないが」

谷島嶽の麓を過ぎ、吊峰の麓にかかると、紫雲山が見えてきた。こちら側から見る紫雲山は、鋭く切り立った峰となだらかなカーブの組み合わせで、厳しさと優しさ、男性的なものと女性的なものの両方を併せ持つような印象があるのだった。

「ああ、紫雲山だ」

今は誰一人知る者のない島で、山河のみが、まるで旧《ふる》い知己のごとく思われる。

「いい山だよね。冬場は雪も積もるし。本格的なスキー場は無理だけど、傾斜の緩やかな方を、子どもの練習用のゲレンデにしようかと思ってるんだ。夏場は草スキーや草橇。ロープウェイもつけて。ファミリーランドだね。反対側の麓にゴルフ場も建設中なんだ」

絶句した。ようやく、

「それはやめるわけにはいかないのだろうか」

「え？　無理だよそんなこと。もう工事に入ってるんだから」

「あれは、霊山なんだ。ご神体だった山なんだ」

できるだけ声高にならぬよういったつもりだったが、佑二はまるで怒られた子どものように黙り込んでしまった。もちろん私も、民間の会社に就職したことはないが、そういうことがほとんど不可能だということはわかっていた。

「大人げないことをいうと思っているだろうけれど」

「中止は無理だ、父さん。けれど、父さんの気持ちもわかる。ちょっと考えさせてくれないか」

まるで、無理難題をいうクライアントをなだめるような口調で、私を懐柔しようとしている――そうそのときは感じられ、首を横に振った。まだ何かできることがあるかもしれない――ないかもしれない。が、とにかくこのぜんたいを見届けなければならない。この衝撃も、苦しさも、私が当然受けるべき報いなのだという気がしていた。お互いに寡黙になったまま、車はいつのまにか胎蔵山の麓から、尾崎へと向かっていた。断崖の白い岩壁が目に入ってきた。

断崖の上にはすでに広い駐車場ができていた。奥はまだ、建築中の建物がいくつかあった。
「着いたよ」
「レストランと土産物屋が入る予定なんだ。温泉施設も計画中だ」
山の方を振り返ると、「ウンキ」が、昔よりは勢いがなくなっているとはいえ、ぼわ
ぼわと島の上空に吐き出されているようだ。
そのとき、ずいぶん長い間思い出すことのなかった、海うそ、ということばが脳裏に
浮かんだ。確か、山根氏の父上が、蜃気楼を呼ぶときのことばであった。まるで、貝が
吐き出す蜃気楼のような、この島から蒸留される夢のような。
「あそこに説明板のプレートを立てたんだ。ここから見える景色について。本土側の
山々が見えるだろう」
近づけば、確かに本土側の山々の名が記されていた。けれど、手前に聳えるあの奇岩
の名については、化人岩、と記されていた。
「え？　化人岩《ばけびと》？」
思わず声を上げた。あの岩は、そんな名まえではない。なかったはずだ。
「いや、け、に、ん、岩。人に化けたりして見えたのかな。面白い名まえだよね」
「違うぞ、あの岩は……」

といいながら、遥かな記憶がまざまざと甦ってきた。

「恵仁岩《けいにん》だ」

「え？　どういう字」

訝る佑二に、簡単に字の説明をした。

「めぐむ、じん。じんはにんべんに漢数字の二」

「へえ。けいにん、が、けにん、になったのか。でも、恵仁よりは、化人の方が、ずっとアピールするじゃないか。僕はべつに変えなくてもいいと思うよ。このままで」

「いや、べつに悪いといっているわけではない」

そうだ。地名とは、そういうものだ。使っている間に記憶の伝承の欠落や、時代の好みでどんどん変わっていく。

しかし、あの伝承は、するともう、語り継ぐものもいない、ということなのか。

「見たくないかもしれないけれど」

佑二は恐る恐る、という具合に話しかけてきた。

「一周するなら、ここからゴルフ場建設のとこを通って行かなければ」

「いや、いいさ。行こう」

島はあれほど私に心を開いてくれたのに、私はそれに応えるだけの何もしなかった。

小さな記録を残すことすら。せめて、それを見届けることくらいはしなければならない。ここに来てから何度も自分に言い聞かせたことばを、再び心のなかで呟いた。車の駐車してあった場所に戻り、乗ろうとして、はっとする。辺りを見回し、間違いない、と重い気分で思う。

「ここに、穴があったろう」

「ああ、よく知ってるね。埋めるのが大変だったんだ」

良信の石切場のあったところだった。思わず拳で額を支える。それから、

「そうだ、神社はどうなった」

「神社？」

「紫雲神社だ」

「ああ、あれ。うん、まだ残ってるよ」

「神主は？」

「神主……。常駐しているのは——まるでマンションの管理人みたいないい方だね——いない。本土から、何社か兼任している神主がいて、何かの例祭のときだけやってくるんじゃなかったかな。若い人だよ」

「……そうか」

「……穴、石切場だろうっていう話だったけど」

「そうだ」

私は説明する気力をなくしていた。佑二もそれ以上訊いてこなかった。

ゴルフ場建設がなされているのはどうやら呼原《よばる》であるらしかった。痛々しくも白い山肌を見せている胎蔵山の麓を回り込むと、やがてブルドーザーやショベルカーがぽつぽつと見えてきた。「建設地」なのだ。しかしここは確かに呼原だ。そう思ったのは、満開のハマカンゾウが群生しているのを見たときだった。

「ハマカンゾウだ」

自分の見ているものが、信じられなかった。

「そうなんだ。珍しい花らしいね。俺、その名まえは知らなかったけど。この辺、ヤギの天国みたいなとこだったんだけど、みんな捕まえて囲いに入れたら、跡地にどんどんこの花が出てきて。びっくりしたよ」

「ずっと昔は、ここは見事なハマカンゾウの自生地だったと聞いたことがある。けれど、ヤギが食い尽くしてしまっていた。しまっていた、と、思っていた」

けれど、ハマカンゾウはあきらめていなかったのだ。

「へえ」

佑二はうれしそうだった。

「じゃあ、もともと生えていたものだったんだ。理由はわからないけれど、せっかくだから、この花を生かしたコースづくりをしよう、って、提案したところだった」

いくぶん手柄顔だった。私は力なく頷いた。

ハマカンゾウの復活。そういうこともあるのだ。少し芽を出しては食われ、出しては食われを繰り返しながら、ハマカンゾウは、ヤギの群れを養い、自らの命も、文字通り命脈を、細々とつないできたのだった。

松林はまだ残っていた。良信の防塁はしかし、見る影もない。

「ここを昔、ずっと歩いた。石組みが残っているだろう」

「ああ、何なのあれ。最初はぜんぶ撤去しようかと思ったんだけど、あまりに長いから、まるで万里の長城みたいで、皆不気味になってきたところだったんだ」

「昔、良信という僧が、一人でやった仕事なんだ」

「一人で？　なんのために？」

「それがわからない」

「すごい強迫的だなあ。でも人間としての迫力がある。わけわからない、ってとこがいいよ。ロマンがあって。へえ、残しておこうかなあ。それ、きっとアピールするよ」

息子とはいえ、全く違う文脈に生きている人間なのだった。理由はともあれ、残す、ということばが、私を少し楽にした。

何に対しての「防塁」であったのか。

梶井君と二人、呟いた日を思い出す。

何に対しての「防塁」であったのか。寄せては返す波のように、浸食してくる「時《と》間《き》」に対してか。忘れ去られようとする「記憶」を、守ろうとしてか。

それもほんとうはだれにもわからない。良信本人にもわからなかったのかもしれない。いや、きっとわからなかったに違いない。ひとがそれほどの力をもちいて何かを断行するときの、ほんとうの理由など、きっとだれにもわからないのだ。

そこから車は影吹《かげふき》へ向かった。影吹の村は昔より寂れて見えた。港があった昔、この村は本村に負けないほどの集落であった。今も港はあるが、本村側に出来た橋のせいで本土からの人びととの出入りが極端に減少したのだろう。しかし本村の荒れ具合に比べれば、こちらの寂れ具合の方がまだ好ましく思える。周回道路など車の通れる道はひどく立派になっていたが、隅に残る住宅地の、昔路地だったところは今、草木が覆って道もわからなくなっていた。

「この村も来たことがある」

「へえ。ここの高台に、展望台をつくったんだ。星見蔵っていう、星を観察する施設の計画もあるんだよ。すごくよく見えるんだ。なんだろう、気流の関係もあるのかな。今、まだ公開していないから、事務所みたいになっているけど、そこでちょっと休めるよ」

「……森肩か」

「さすが。詳しいなあ」

もしかしたらそこは、という予感は当たった。それにしても、怖れ気もなく木々をなぎ倒し大地を削り、道をつくったことよ。畏れる、ということが、己の世界観のどこにもないとしか思えない。森肩への道は、斯くして切り拓かれた。しかしあの細い獣道のような杣道とともにあった、ひそやかなチョウの、虫の、けものたちの営みは、いったいどこにいってしまうのか。心躍らせ私が通った、あの夏の日の小径は。木々の梢の間に、まるで別世界の神殿のように見えた、あの西洋館は。

車が着いたのは、まさしく森肩の、山根氏の住宅のあったところだった。森肩の二階屋。

その二階屋は今はなく、跡地には鉄筋の、佑二いうところの「展望台」と、プレハブの事務所らしき建物が建っていた。向かいに、これもまた山を切り崩した、当時はなかった敷地ができていて、軽自動車が一台停まっていた。二十台ほどは停まれそうな駐車場だった。その向こうには島特有の細やかに折り重なる山襞が見えており、それは覚えのない景色だった。セミの鳴き声は、五十年前と変わらないのだろうか。何やら勢いが足りないように思うのはこちらの思い込みか。

車を降り、「二階屋」のあった方へ、自然、足は急いだ。懐かしさで敷地内を足早に歩き回った。木々はあの頃とあまり変わっていないように思えた。そして木々の間から見える海も。

だが、あの家がない。

まるで、この山野に、そんなものが存在していたことなど、一度もなかったかのように。夢だったのだろうか。浜の方から吹き上がる風が、外側から自分の内側へ、通り抜けていく。

幻だったのか。

いや、そんなことはない。あったのだ、あったのだ、あれは確かにここに。そして私たちは笑い合い、語り合ったのだ。

あったのだ。

思わず拳を握りしめる。しかし、私の訴えに共感し頷くものは、誰もいない。何もない。風が木々を揺らす音だけが、空しく、その言葉の真の意味において、空しく響いているだけだった。

「父さん」

佑二が建物のドアのところから呼ぶ。大きくため息をついて、それからゆっくりとそちらへ向かった。

　五十年。

　私は何をしてきたのだろう。

　事務所自体は、現代版仮庵とでもいうべきそっけない建物だったが、大きめのテーブルの上には島の立体模型図があった。さすがに精巧なものである。目が吸い付けられ、五十年前に辿った道行きを確かめようとしていた。

「この方、飛田さん。本村から来てくれている」

という佑二の声がして、はっと気づけば、三十年配の女性がにこにこと微笑んで立っていた。顔立ちは確かに島の出身らしかった。どうも、と、なまりのない発音で丁寧なお辞儀をされ、

「いつもお世話になっています」

とこちらも、保護者面をして、反射的に頭を下げた。

「父は五十年前、この島に来たことがあるんだって」

飛田さんは不自然なほど唐突に、うれしそうな歓声を上げた。こういう反応は、ウネさんを思わせた。

「私が生まれてない頃。変わりましたか」

「変わりましたね」

語気が自分でもコントロールできないほど強くなり、そのことに気づいて首を振った。

飛田さんは島の住民としての、会社側への気遣いもあったのだろう、

「でも、橋ができるまでは、それはそれは寂しい島だったんですよ。静かでしたけどね」

「ええ。静かな島でしたね」

「道路もできたし」

「ええ」

確かに、と口の中で呟いた。

「地質がね、主に中生代、新生代第三紀の地層間に花崗岩が入り込んでるものだから固い。道路の整備が大変だったんだ」

佑二は立体模型を指し示しながら続けた。立体模型は陸地だけでなく、海底のようすまで反映してあった。どうやら、ここに来た客には皆に披露するマニュアルのような説明らしかった。

「この島が、本土よりずっと黒潮の影響を受けているのは、ほら、この島をとりまく深度だね。黒潮帯が深く入り込んで流れ、両岸を洗っていく。二〇〇メートルにも達する等深線が、海岸近くを走って、断崖は海底にまで続いている。これ見てると陸上部の

傾斜が急なわけもわかるよね。高地では、冬場、大陸からの季節風をもろに受けて、雪も降るわけだ。五十年前、飲み水はどうしていたの。降水量はあっても、こんなに傾斜が急だったら……」

「各戸ごとに天水桶をもっていたね。それを濾過して使っていた」

「私たちが小さい頃は、水も共同で汲み上げてタンクに貯めてたんですけど、ときどき塩分が入ってました」

「でも今は浄水場ができたからね」

佑二が満足げに付け足した。

「すごいのはやはり、このカルデラ湾だよね。何万年も前、ここに火口があったんだ。気が遠くなるくらい昔。この事務所のある場所だって、工事しているとき、縄文時代の土器も出てきたんだよ。住んでた人がいたんだね」

その縄文人も、海うそを見ていたのだろうか、と、ふと思った。佑二がやたらに古代の歴史にまで遡りたがるのは、だから五十年間の変化など、なんでもない、といいたいのだろうか。確かに、縄文人も海うそに見とれていたかもしれないと思うことは、私の気分を少しそらした。

「そうだ、父さん、興味があるかもしれないな……」

佑二はスチール棚を開け、中に仕舞ってあった木箱を取り出した。

いったい何を、と怪訝に思いながらいわれた通り椅子に腰を下ろすと、

「座って」

「あんまり「考古学上重要な出土品」みたいなものが出てきても困るんだ。工事がストップしてしまうからね。胎蔵山はそれでややこしくなっているし……。そういうのは、出てきても、現場監督は暗黙の了解でなかったことにして続けている。けれど、なかには、何か観光資源に使えそうなものもあるから、それはちょっと教えてもらって」

何が出てくるかと思えば、古ぼけた木切れだった。しかし「考古学上」重要そうなものであるのは一見、明白だった。

「これは、ここから出てきたものなんだ。ずいぶん山の上で、住民も高齢化してきて、わりに早く廃村になった村なんだけど……」

地図を指し示した。その標高高い場所は、たしかに覚えがあった。

「ああ、そこは波音《はと》村だ。そこも親しくなった一家がいた」

「へえ。でも昔の地図を見ていたら、波音《なみおと》村、って書いてあったよ」

「そう。それで、はと村、って読むんだ……」

いいながら、古い昔がこだまのように甦り、目を閉じた。

そのとき、奥の方で電話が鳴り、飛田さんが足早にそっちへ向かった。そして佑二を呼んだ。電話が鳴ったときから腰を浮かしていた佑二は、

「ちょっと、見てて」

そういって、奥へ引っ込んだ。一人残され、木切れをつくづく見、年をとってきてからの癖で、自分自身の確認のため、誰もいないのに独り言を呟く。

「中世の、地鎮のための木簡だな。これは、地名のようだ」

書かれていた文字は、「吾都」、と見えた。

「あ、と、か」

呟きながら、はっとした。次の瞬間、背筋に電流のようなものが走った。

あの地は、開かれたとき、吾都だったのだ。吾《わ》が都《みやこ》、吾都《あと》。落ちてきた都を懐かしみ、しかし思いを断ち、新たにここを自分たちの都と呼ぶ決意。吾都という名づけにはそれが滲み出ているではないか。時代を経るに従って、それは転じて、はと、となった。いや、もしかしたら「はと」は「あと」の後の世の転訛ではなく、その名づけに追伐の探索の手が及ぶ危険性に気づき、故意に言い換えた落人たちの工夫であったのではないか。彼らの思いとしては、波音《はと》と呼ぶたび、吾都《あと》を重ねて。波音という漢字に変えたのは、自分たちが苦労してここまでやってきた道程を、象徴的に表す、平安末期の都人らしい雅趣ある「重ね」であったのではないか。地名からは、濃くも薄くも、ひとの思いの跡が辿れるのだ。

論文の、最後のピースが出てきたのだ、と思った。

沼耳の根小屋での、炉火に照らされた梶井君の横顔が浮かんだ。

どのくらいぼうっとしていたのだろう。

「ごめんごめん。今、島内に幾つかつくる、キャンプ場の場所の選定をしているところなんだ。父さん、沼耳って知ってる？」

「私も行ったことはないです」

奥から出てきた佑二と飛田さんの声で我に返った。

「沼耳……。ああ、知っているよ」

「そう、そこ、どう思う？」

「流れの緩やかな川があって、けれど珍しく湿気もない、いい場所です」

「そうか。じゃあキャンプにならうってつけだ」

佑二の顔に明るい笑みがこぼれた。

「耳川とか、ミミってことばが多いんだよね、ここ。父さん、それ調べた？」

飛田さんも、熱心にこちらを見ていた。

「あなた、聞いたことがありませんか、モノミミ、ということば……」

彼女は生真面目に首を横に振った。

「そうか。この島には昔、そういう民間宗教のようなものがあったらしいんです。南西諸島のユタ、ノロと似たような性質だったと思う。生者と死者を繋ぐ……」

説明しながら、そうだ、だから私はあれほどモノミミの存在に惹かれたのだった、と思った。

モノミミのことなど、もうどんな資料にもほとんど残っていないだろう。私がとうとう知ることのなかったモノミミの真実は――彼らに何が起こったかということは――この島に埋もれ、もう永遠に葬り去られるのだ。ただ私は、知らないが確信している。それが人間の営為のつくり出す、大自然はいざ知らず、少なくともひとにとっては胸の張り裂けんばかりの出来事であっただろうということを。実際に見聞きしたことなどないはずなのに、モノミミたちの身の上に起こったことは、既に自分の記憶の奥底に、静かに、そして確かに在るような気がしてならないのだった。

だが、そういう私ももう、あと何年もしないうちにこの世から消えていくだろう。

「へえ」

佑二はいつになく真顔で聞き入っていた。しばらく黙って何か考え込んでいるようであった。それからふと顔を上げ、窓の外に目をやると、

「ちょうど日陰ができる時間だし、展望台でお茶を飲もうか」

促され、外へ出た。先程は気づかなかったが、外置用の椅子とテーブルが設えてあったのだった。木々の間から、海がきらめいていた。勧められるまま、椅子の一つに腰掛

けると、ずっと以前にも同じことを、まさにここで体験したような、デジャヴュのようなものが起こった。はっとして、海を挟む両側の山の角度と、左右の景色を確認する。ああ、そうだ。ここは、森肩の二階屋の、居間のあったところだ。かつて私があの静かな夜々を過ごした、あの居間のあった場所であった。

目眩がし、世界がぐらりと揺れた気がして一瞬目を閉じた。

これは私の記憶なのか。それとも場所そのものの、島そのものの記憶なのか。場所の記憶が、島の記憶が私の意識に喚びかけ、働きかけているのか。

ともかく私はここに座り、そして今佑二の座っている場所に、そうだ、梶井君が座ったこともあった。自分がいったい、「いつ」の時代にいるのかわからなくなり、ぼうっとしたまま佑二を眺めていると、

「で、さっきの木切れ、どうだった?」

尋ねられ、ふっと我に返った。

「ああ。あれはとんでもなく貴重なものだよ。大切にすることだ」

「へえ。なんなんだい、いったいぜんたい」

「あの村が、平家の落人部落だったという、有力な証拠の一つになるだろう」

請われるまま、訥々と梶井君の一家の話をした。話しながら、あのご母堂の手になる蚊遣り香の香を思い出した。

都で受け継いだ香の知識が、山家暮らしにあって、蚊遣り香を生み出す知恵になっていったのだったか。ほそぼそと生を繫ぎ続けた、その数百年に亘る営みの、それもこれも、藻くずのように消えていく。

私はいつしか、繰り返す波の音に、体ごと揺られているような感覚に包まれていた。

「とっておくものだなあ。そうだ、胎蔵山が、ややこしくなっていっていったけど、あそこの出土品はもう、ごまかし切れないくらいの量になってるらしいんだ。今度、仏教美術の専門家がやってくるらしいよ」

「もともと、修験道で成っていたような島だったんだ……」

いいながら、知人の美術評論家から聞いた話を思い出した。

四国のある田畠の続く平野に、ぽつんと建っている無住の堂があり、そこへ数十体の破損仏が詰め込まれているのだという。土地に伝わる言い伝えでは、それは薬師堂で、明治維新のときの廃仏毀釈の騒ぎのなか、難を逃れるようにそこへ仏たちが集ってきたというのである。もう何の仏かわからぬほど、摩耗し、破損し、手足をもがれ、あるいは首を落とされ、顔を削られたりしているのだが、仏師の作風のせいか、その土地の気風のせいか、乾いた風の吹き荒ぶ平野の只中にあって、あっけらかんとするほど明るい。その温かさ、明るさに、ただ打たれるのだ、といっていた。

そのことを思い出し、この島の破損仏たちにも会ってみたい、とふと思った。若い頃、この島を巡っていたときには、ひたすらそれを痛ましいと思い、恐ろしさすら感じ、できることなら出会いたくないと思っていたものであったのに。「かつて在り、今はない」場所へ立ちたいとは思っても、そういう仏たちそのものが残っていそうなところへは、行かないですむものなら行きたくない、と思い続けていたのであった。

「それ、見てみたいものだなあ」

「え？　胎蔵山の？　そうだな、見られると思うよ。けれど、今、その専門家に見せるために準備してるところだろうから、それからの方が、ゆっくり見られるよ、きっと。今行っても、野晒しでわけわからないと思うよ」

それでいい、といいつつ、四国の仏像の話をすると、へえ、と興味深そうに目を輝かし、それから一瞬目を瞑り、口角を上げただけの笑みを浮かべ、

「面白いなあ。ねえ、父さん」

「うん？」

「俺さ、父さんとこんなに長い時間話すなんて、この年になるまでなかったんだよ」

「……そうか」

思わずため息をつき、目を閉じた。今日一日、ため息ばかりつき、こんな思いばかりしている。

愛するものとは死に別れる。そういう刷り込みが、自分のなかに確かにずっとあった

のだった。情けないことに、それは自分のなかでいつも立ち返る、今となっては唯一慣れ親しんだ確かな足場であったのだった。

「五十年前、父さんがこの島に来たとき、どんなだったの。確か祖父さん祖母さんはもう……」

「亡くなったばかりだった」

「……ああ、じゃあ、つらいときに来たんだね」

「それだけじゃない」

「え？」

「許嫁にも死なれていたんだ」

「え」

私はもう一度目を閉じ、それから、

「自殺だったんだ」

と、ひと息で呟いた。

「え。なんで。理由は」

「わからないんだ。わからないんだ。雪山に登って、降りてこなかった。覚悟の凍死だった」

私との婚約が理由であったはずはない、と思いたかった。彼女の友だちも、彼女は婚約を喜んでいたといっていたのだから。けれど、本当のことはわからない。婚約を喜んでいる人間が、自死の道を選ぶだろうか。少なくとも、彼女が死の世界へ旅立つ際、私という存在は彼女をこの世につなぎ留める何の力にもならなかったということは確かなのである。彼女の自殺は、私たち一家に凄まじいダメージを与えた。まるで死という文字通り決死の、絶対的な方法でもって、自分たちのつくりあげてきた家庭を全否定された思いにさせられたのだ。彼女を娘とも思おう、宝のように慈しもう、と、病人を抱えた家はいっとき、華やいでいたのだから。もしやうちが原因で世を儚んだのでは、という疑いは、それぞれの心に——口にしないまでも——深く暗い穴を穿つことになった。その穴の引き起こす無力感たるや凄まじいものであった。精神的にも、老父母にとっては恐らく、体力的にも。彼女からの手紙に、ときどきどこか不安定なものを感じることはあった。しかしそこまで何かを思い詰めたようすには思えなかった。いやわからない。ただ、ひとがそれほど簡単に死んでしまうものだとは、そのときは知らなかった。思いもしなかった。彼女にしてみれば、自分が自死を選ぶまでに抱えたものを、私とともに見つめ、共有してもらおうという気にはなれなかった、もしくはそのことに絶望した、ということなのだろう。

どんなことが起こっているのか、もうずっと先から、大体はわかっていたのだけれど——いや、わからないことを、わかっていたのだけれど、自分に因果を含めてあきらめさせるのに時間がかかっている——なんだかそのような人生なのだった。

「父さん」

「うん？」

「そりゃ、応えただろう」

佑二は心から同情しているようだった。私はその、彼らしく率直で明快ですらあることばに、思いもかけないことであったが、寸時、気づかずに背負っていた荷が、ふっと軽くなったような思いがした。

「そのこと、母さん知ってるの？」

「許嫁に死なれたことは知っているが、自殺だとは知らない。知らないと思う」

「いえばよかったのに」

「そんなこと」

樹冠の緑から海へと視線を移した。そこへ、見覚えのある何かが目に入った。

「佑二、あれだ」

「え？　何？　あ、蜃気楼？」

「そう、海うそと呼ぶ人もいる」

「へえ。そういえば、蜃気楼が出る、っていってる奴らもいたなあ。俺、ゆっくり海なんか見る暇がないから、見るの、これが初めてだよ。いつから出てたんだろ。さっきはなかったよね」

夏の紫外線が眩しく反射し、揺らめいて見える風景の中で、白い壁が幾層にも積み重なり、水平方向に長く連なって見えるそれは、確かに山根氏のいっていた、砂漠の中に「忽然と」出現した「城壁」のようであった。

「きれいだなあ」

佑二が感に堪えない、というように呟いた。まるで不意をつかれたように、それは私の「気分」の合間を貫き、胸の奥の深いところへ鋭く届いた。その「現象」を、興味深くは思っても、「きれい」という形容で味わうような、いわば、「子どもの視点」のようなものは、これまでの私の境涯には現れたことがなかった。しみじみと海の向こうを眺める。

海うそ。これだけは確かに、昔のままに在った。かなうものなら、その「変わらなさ」にとりすがって、思うさま声を上げて泣きたい思いに駆られた。同時に、山根氏が昔呟いたことばを思い出した。――父は、ここから、海うそを見るのが何よりの喜びだった。

風が走り紫外線が乱反射して、海も山もきらめいている。照葉樹林の樹冠の波の、この眩しさ。けれどこれもまた、幻。だが幻は、森羅万象に宿り、森羅万象は幻に支えられてきらめくのだった。世界を見つめる初歩の初歩のようなこの認識は、また奥の奥のような常《つね》新しいきらめきを放ち、山根氏が私に問うた「色即是空の続き」は、経のなかでは空即是色だったということを、今更ながら私に気づかせた。「続き」は、空即是色だった。修験者たちが、修行のなかで、この島のあらゆる場所で、洞窟で、断崖で、滝で、何万回も呟いたであろう、色即是空、空即是色。この島に満ち満ちているはずのその文言。なぜこんな当たり前のことがわからなかったのか。

いや私はわかっていた。ずっと、わかっていた。それがまた色即是空へと一瞬にして転ずる、そのことも含めて。繰り返し繰り返し、島で過ごす朝な夕な、新しく更新される世界を目の前にして、私はそのことを、そのたびごとの新鮮な驚きとともに、わかっていたのだ。五十年前のあの旅で、私は自分の論文の内的な問題意識が到達すべき場所に、ことばによらず、すでに到達していたのだ。だから、この島に関する論文など、少なくとも私自身の切実な動機のためにはもう、さしたる必要はなかったのだった……。

「うん。きれいだ」

深く頷く。佑二は、何か思いついたときの高い声で、

「あれ、さっき見た防塁と似ているんじゃないか」

「……そうかな……ああ、なるほど」

確かに海うそは、良信の防塁そのものにも見えた。

「ね、似てるだろう。面白いね。気づかなかった？　あれ、どこかの実在する景色だろ？　でも位置的に防塁ではありえないんじゃないかな。どうだろう。蜃気楼のできるメカニズムって忘れちゃったな。別の場所で似たようなことをしていたやつがいたのかな。それとも、もっと別の、最近の建築物なのかな」

「さあ、どうだろう」

異国の地で、同じように石材を切り出し、あるいは土を焼き、一つ一つ積み上げて何かを守ろうとしたものがあったのか。それとも良信の防塁そのものが、あれを、海うそを現実のものにしようとしたことだったのか。あの海うそは、いったいいつの時代を映しているものなのか。過去か、現在か、未来か……。

風が吹いて、海も山も、一斉に白く光った。佑二は目を細めて、それから日頃の疲れが出たのか、目を閉じて背もたれに凭れ、うたた寝を始めたようだった。

その同じ風に吹かれているうち、ここに到着したときに感じた、失うことへのいたたまれぬほどの哀惜の思いが、自分の内部で静かに変容していくのを、目の前のビーカーのなかで展開される化学変化を見るように感じられた。尤もこういう思いは初めてではなかった。これまでにもしばしば経験することがあった。

それは老年を生きることの恩寵のようなものだと思う。若い頃は感激や昂奮が自分を貫き駆け抜けていくようであったが、今は静かな感慨となって自分の内部に折り畳まれていく。そしてそれが観察できる。若い頃も意識こそしなかったものの、激する気持ちは自分のなかに痕跡くらい残したのだろうが、今は少なくともそのことを自覚して静かに見守ることができる。

そして過去に見た紫雲山の、神さびてすらいた姿が、ロープウェイさえ引かれようとする今の姿と、奇岩に覆われていた胎蔵山の謎めいた姿が、削られて威厳など跡形もなくなった今の姿と、まるでそれぞれが最初からひとつのものであったかのように、私のなかで認識されてきたのだった。時間《とき》というものが、凄まじい速さでただ直線的に流れ去るものではなく、あたかも過去も現在も、なべて等しい価値で目の前に並べられ、吟味され得るものであるかのように。喪失とは、私のなかに降り積もる時間が、増えていくことなのだった。

立体模型図のように、私の遅島は、時間の陰影を重ねて私のなかに新しく存在し始めていた。これは、驚くべきことだった。喪失が、実在の輪郭の片鱗を帯びて輝き始めていた。

「寛子が帰ってきたら、連れてまた来よう」

そう独り言ちると、佑二は起きていたのか、目を閉じたままで応じた。

「ああ、それはいいね。俺のとこもいっしょに。兄さんとこにも声をかけてみるよ」

「君も少し、休んだ方がいいな」

「今、休んでるよ。龍目池の、あれはいいお湯だね。皮膚病には特にいいらしいね。うちの子はアトピーだからさ、ちょうどいいよ……。みんな温泉好きだし。ああ、それとも、父さんたち、夫婦水入らずがいいのかな、たまにはさ」

途中で薄目を開けてこちらを窺うようすに苦笑しつつ、そのことばから、ふと龍目池の、半世紀も前の、月夜の光景が脳裏に浮かんだ。

「昔、ひとの好い爺さんと婆さんが、たらい舟であの温泉に通ったものだ……」

長い長い、うそ越えをしている。

越えた涯は、まだ、名づけのない場所である。

参考文献

『離島の人文地理――鹿児島県甑島学術調査報告』藤岡謙二郎編、大明堂、一九六四年

『九州の民家――有形文化の系譜(上)常民文化叢書10』小野重朗、慶友社、一九八二年

「熊本県南部のカギイエの二類型」小野重朗(『建築界』一四号、一九六五年)

「九州地方の民家研究展望」杉本尚次(『国立民族学博物館研究報告』二巻一号、一九七七年)

「九州山地の民家――椎葉・米良地域を中心に」杉本尚次(『国立民族学博物館研究報告』四巻一号、一九七九年)

『日本の町並み調査報告書集成　第十六巻　九州・沖縄の町並み2』日南市・日向市教育委員会・椎葉村教育委員会編、東洋書林、二〇〇五年

「九州地方の文化財及び民家――南西諸島をふくむ」太田静六・野村孝文(『建築雑誌』七六巻九〇三号、一九六一年)

『修験者と地域社会――新潟県南魚沼の修験道』宮家準編、名著出版、一九八一年

『さつま山伏――山と湖の民俗と歴史』森田清美、春苑堂出版、一九九六年

「修験道と廃仏毀釈」村岡空(『藝術新潮』二四巻三号、一九七三年)

「「吹きだまり」の仏たち」丸山尚一(『藝術新潮』二四巻三号、一九七三年)

『神と仏――民俗宗教の諸相　日本民俗文化大系4』宮田登ほか、小学館、一九八三年

『近世日向の仏師たち――宮崎の修験文化の一側面』前田博仁、鉱脈社、二〇〇九年
『神々の明治維新――神仏分離と廃仏毀釈』安丸良夫、岩波書店、一九七九年
『廃仏毀釈百年――虐げられつづけた仏たち』佐伯恵達、鉱脈社、二〇〇三年
『鹿児島藩の廃仏毀釈』名越護、南方新社、二〇一一年
『南九州の伝統文化1　祭礼と芸能、歴史』下野敏見、南方新社、二〇〇五年
『南九州の伝統文化2　民具と民俗、研究』下野敏見、南方新社、二〇〇五年
『南日本の地名』小川亥三郎、第一書房、一九九七年
『ダンナドン信仰――薩摩修験と隠れ念仏の地域民俗学的研究』森田清美、岩田書院、二〇〇一年
『霊仙三蔵と幻の霊山寺』さんどう会編、サンライズ出版、二〇〇一年
『日本列島の野生生物と人』池谷和信編、世界思想社、二〇一〇年
『昭和六二・六三年度　九州山地カモシカ特別調査報告書』熊本県・大分県・宮崎県教育委員会編、一九八九年
『九州山地に生きる』朝日新聞西部本社編、葦書房、一九九四年
『八重山生活誌』宮城文、沖縄タイムス社、一九八二年
『鹿児島の湊と薩南諸島』松下志朗・下野敏見編、吉川弘文館、二〇〇二年

書評　変わる島に「滅び」を見る

井坂洋子

一度手にとると以前読んだにもかかわらず、また最初から読み始め、結局は最後まで引き込まれてしまうというたぐいの小説がある。本書にもそうした一冊になるという予感をもった。

昭和の初めの、南九州の小島を舞台にしている。主人公は若き研究者で島の人々の暮らしや遺跡や歴史、植生などを調べている。だが、真の主人公はこの島自身だ。生きものが内臓を包みもつように、島にも野生の動植物や森や山や湖が息づき、「古代、修験道のために開かれた島」の心の傷を覆っている。明治期に「神道を国体にする」ため、数々の寺が破壊され、また生活に根づいていたモノミミ(ユタやノロのような人)信仰が一掃されてしまったのだ。

小説のヤマ場は、主人公が島育ちの青年と二人で野宿しつつ、山中を探査するくだりだが、こちらも一緒に現場を歩いている気になる。

それにしても描かれている島は時間にイヤイヤ引きずられ、事物がデフォルメを余儀なくされているように思える。とどまるものと引きずられるもののアンビバレンス。そのヒステリックな渦巻きのきわまったのが、修験の場であった洞窟での「地の底を這うような声」であり、崖の上の寺院跡の奥の「薄ぼんやりとした光」だろう。魅入られ足を踏み入れようとした者を殺しかねないかつての聖域の恐ろしい力に、主人公らはおののき退散する。

この小説の最後に五十年後の島の話が付け加えられている。山は削られカモシカは絶滅。まさに観光地化されようとする様変わりした島に、老いた主人公が出かけていく。そして若いときに抱いた〝滅びをどうとらえるのか〟の答えを見つけ出す。過去も現在もすべては等しく「喪失とは、私のなかに降り積もる時間が、増えていくことなのだ」と。

冒頭の、月夜に対岸の湯治場までたらい舟で湖を渡る老夫婦の場面が、とてもリリカルで全編詩情が濃い。感覚のアンテナが研ぎ澄まされていくような小説である。

（北海道新聞　二〇一四年八月一七日。若干修正を加えた）

（いさか　ようこ・詩人）

解　説

山内志朗

『海うそ』、一見不思議なタイトルだが、読み進んでいくうちに、その謎めいた言葉が違和感のないものになる。海と修験道と自然と歴史が海うそを通して結びつき、切なく語られる美しい小説だ。

＊　＊　＊

『海うそ』の舞台となる遅島は南九州にあるという。地図で確かめてみる。そんな島は存在しない。何やら、意外な感じもする。長く現地取材をしてきたかのような具体性が溢れているから。いやいや、遅島は、どこにでもあって、どこにもない島なのだろう。島として描かれているが、日本の各地の気候風土習俗が記されており、南九州に頭を押し込む必要もない。日本地図を開くような野暮はやめて、人々の歴史、過ぎ去って帰ってこない歴史を、遅島の自然と重ね合わせて読み耽るのが正しい読者の姿だ。

〈海うそ〉とは蜃気楼のことだ。

主人公の秋野は、昭和という時代が始まった頃、研究室の主任教授の残した調査報告書を手がかりに、初めて遅島に足を踏み入れる。それから五十年の月日が過ぎ、遅島を再訪した様子が最後に描かれる。再会は残酷でもある。若い頃に経験した世界を淡い映像に変容させてしまうから。幾重にも重なって現れる蜃気楼の世界。

いや、『海うそ』の主たる舞台は若いとき訪れた遅島だ。失われてしまい二度と戻ることのない自然の風物の中で、幾重にも及ぶ惜別の景色が豊かに物語られている。

人が、海・土地・水・空と交感するとき、自然の息吹が通り抜けていく。梨木香歩さんの小説には、自然の生き物、植物がそれぞれ物事を感じ、周りに語りかけ、自分の生命を営々と伝えている様子が濃厚に描かれている。

古代の人々には自然と交感することは難しくなかったのだろう。国褒《くにほ》めのときに、歌人は自然と向かい合い、息を合わせることができた。山の上に立って「あおによし」と都に歌いかける歌人は、その土地と交感していたのだ。

ゲニウス・ロキ(genius loci 地の霊)は、山や川や水や土地に住む。そういった地霊たちと対話・交感する修行が修験道だ。

＊　＊　＊

自然の中で暮らすのではなく、自然について語る場合、少し人工的な枠組みが必要になってくる。通時的な軸(時間の経過に沿う見方)と、共時的な軸(時間的な流れから切り離して無時間的に捉える見方)もそういう拵《こしら》え物だ。それぞれにおいて自然の見え方は変わってくる。『海うそ』は、喪失という通時的な出来事が、遅島という共時的に配列された舞台の上で描かれる物語だ。共時的な舞台を説明するのには、エレメントを並べてみるのが良い。

古代ギリシアの考えによると、自然は地水火風という四つのエレメント(四大)から成り立っている。エレメントは身近で具体性をもった自然の要素で、それらが世界を構成している。自然も人間も同じエレメントで構成されているのだ。そこでは自然と人間の距離は近い。ギリシア的なエレメントという発想は、『海うそ』に馴染みやすい。

『海うそ』は四つ以上のエレメントから出来上がっている。人によって数え方は様々だろうが、私は十個と数えてみた。地、水、火、風、植物、生き物、山、海、光、闇。アリストテレスの存在論も十のカテゴリーから出来ていた。何やら心が躍る。

「地」。大地のことだが、ここには土や岩を含めてもよいだろう。全編を通じて、主人公の歩む道は樹木や花の匂いが漂っているが、土の匂いもしている。石や岩は宇宙開闢以来の来歴や地球上での経歴をもった旅人だと私は思う。そういった基層の上に無数の生命叢を宿している土の層は、旅人が長旅の後に身につける衣服のようだ。大地性は全編を通じて濃厚に感じられる。

「水」。『海うそ』は水だらけの物語だ。水は生命の起源、生命の媒質だ。川や湖や沼や滝や雨が「水」のエレメントに含まれるのは当然として、「雨坊主」もその一員だ。軒先に並んでおんおん泣いている雨坊主は、薄気味悪くはない。親しみが湧く。海もここに加えることもできるが、ちょっと取りのけておこう。エレメントとして別に立てたいから。

最も印象的なのは、権現川沿いの薬王院跡側の滝行の様子だ。頭から水を浴びるということだけなのだが、一度体験してみれば分かるように、すべてのものから隔絶される瞬間だ。水による洗礼が、別の次元への移行、生まれ変わりを意味するのは何も不思議なことではない。

「火」。エレメントとしては自然の火なので、厳密に考えれば、この小説で該当するのは「山火事」くらいだろうか。そこに煮炊きする人間の火を加えれば、たくさん登場する。権現谷の小屋の前での焚き火は、特に印象的で、獣を屠《ほふ》り焼いて食べる様子は、人間と自然が交歓する場面だ。

「風」。遅島はいつも風が吹き抜けている島のような気がする。「風」はギリシア語でプネウマだから、呼吸の息も含まれる。霧やウンキ、そして「灘風」や、「風吹」という地名もここに含まれる。このエレメントには何よりも、「蜃気楼」、つまり海うそが含まれる。蜃気楼は、貝の吐く息(プネウマ)なのだ。

＊　＊　＊

「植物」。梨木さんの小説には植物への愛がある。『西の魔女が死んだ』や『家守綺譚』もそうだが、植物一つ一つへの心配りと愛が溢れている。『海うそ』でも、たくさん登場して挙げきれないのだが、それぞれの植物にキャラクターがある。植物と人間はいつも交流し合っている。

「生き物」。生き物(動物)もたくさん登場する。虫や蝶もたくさん登場するが、とりわけ冒頭では野良ヤギが到るところに登場し、遅島を特徴づけている。五十年後にもしたたかに生き延び、島の観光資源にもなっているのはご愛嬌だ。

特に大事なのは、カモシカとニホンカワウソだ。カモシカは後で触れるとして、ニホンカワウソは『海うそ』に直接登場しないが、表象としては顔を少し出している。日本固有種のカワウソは絶滅してしまったが、捕らえた魚を岸に並べて、まるで祭りをするように見えることから、詩文を作るときに、参考文献を広げちらすことを「獺祭《だっさい》」という。この本の最後に参考文献が付されているから、この小説が「海と島を舞台にした獺祭」なのかもしれない。そしてさらに、良信の防塁も人間による獺祭めいている。「海うそ」という名称は、ニホンカワウソからのアナロジーなのかもしれないが、ともかくもカワウソを連想させ、名称それ自体が面白い。幻としてしか出会うことはできないけれど。

「山」。この小説には、「胎蔵山」「紫雲山」など山がいたるところで登場する。考えてみれば、島とは海の中の山なのだから、島と山はエレメントとして兄弟関係にある。私自身、山の中で育ったから、いつも心の中で山が話し出す。全編どこを読んでも懐かしい感じがする。山は、空から降った水が降り来たり、川を通り海に至るための通り道だ。山もまた水によって削りとられて形をなす。山と海とは水兄弟なのだ。

「海」。海は、この小説の背景として常に控えていて、主題化されることはあまりない。「恵仁岩《けいにん》」は少し目立っている。その岩が海の中に留まり続けているのは、恋人達を一緒に包み込み吸収するための場として、海の受容性を示すためかと思えてくる。いや、この小説の全体が、大ハマグリから出てくる蜃気楼のように、一連の人間的所業の系列を産出したとも言えるのだから、海は寡黙な主人公でもある。ここでも海は母である。

そして、エレメントの中で特に大事なのは、最後の二つ「光」と「闇」だ。この二つは、「海うそ」というこの小説の中心概念を守護する両脇侍のようだ。

「光」。松明、ロウソク、「屋内へ光が、幾本もの線状になって漏れていた」(一二九頁)、

「ただただ無心に漏れ来る光の林よ」(同)。この箇所を読んで思わず鳥肌が立った。ここにも西洋中世の神秘主義者達が追い求めたビジョンがある。ともかくも、光は本当に美しく語られる。存在に照らし出され存在を受容する姿とはかくのごときことか。

「闇」。「真っ黒の闇」(九〇頁)、「闇の底」(九四頁)など、この小説では光景を突然変化させるべく「闇」が登場する。そして、闇はすさまじく語られる。闇と沈黙、いや地の底からの呻き声がそれと重なる。「圧倒的な静けさ」(八九頁)、「地の底を這うような声が、聞こえた気がした」(九〇頁)、「闇の底へ沈みつつ分け入って行く」(九四—九五頁)など、目の前に闇が広がってくる。

そして、「死者も生者も混淆してある世界のもののような、あの声は、自分のうめいた声だったのだろうか」(九三頁)と記される。これは内なる暗闇かもしれぬ。内なる光と闇、これは西洋中世の神秘主義の追い求めた主題だ。

＊　＊　＊

『海うそ』を構成する十のエレメントのなかで重要なモチーフと思うのが、「蜃気楼」と「カモシカ」だ。

「貝が吐き出す蜃気楼のような、この島から蒸留される夢のような」もの、それが「海うそ」なのだ(一六九頁)。遅島は、タツノオトシゴの形をしていて、人間の肉体との対応関係を考えられる。その類推上で考えると、「海うそ」とは、脳の後ろの方で作られ、外部に投影された人間意識の表象の系列と考えられる。

そして、この「海うそ」と、何度か繰り返される『般若心経』の冒頭部分「色即是空」の「色」とを重ね合わせれば、作品のモチーフが浮かび上がってくる。「色」とは、物質というよりも、物質として映じている心的世界だろう。「空」とは無というよりも相対的で移ろいゆくものだろう。色が空となり、空が色となり、そこに、心を動かさずにはいられない美が現れる。森羅万象、天上から奈落まで、悠久の過去から無窮の未来への地平を収めるもの、それは密教では曼荼羅として記されるが、「遅島曼荼羅」がこの小説なのだ。

カモシカというイマージュは大事だ。カモシカ、子供の頃親しく出会うことはなかった。だが断崖を独りで登る姿は哲学者然として、憧れていた。

「カモシカはどうしてこう、心の奥まで見定めようとするかのように見つめてくるのだろう」(四一頁)。超然としている。許嫁《いいなずけ》とカモシカの姿が何度も重ねて描かれる。二人の間に、学校の帰り道において立ち現れた「とてつもなく純度の高い、透明な何か」(九五頁)、暗闇の中で「さようなら」を交わす一瞬、それは鮮烈な「交流」だった。

カモシカは、群れを作らず、一頭のままで居続け、立ったまま凍死することも辞さない。神秘的な気配をまとい、哀愁を漂わせる眼差しのカモシカ、そういうカモシカの瞳と相通じるような、黒い大きな瞳をした許嫁は、「あの何もかも見透かすような瞳で、この世を渡っていくのには、やはり無理があったのだろうか」(四二頁)。

何もかも見通すような瞳では「海うそ」や「蜃気楼」や「色即是空」といった存在の虚像と折り合って生きていくのは難しいのだ。残された秋野青年はその後を生きなければならない。

＊　＊　＊

西洋中世の神秘主義においては、「神々しく、不気味で、不吉で、恐ろしい雰囲気」をもった神秘的雰囲気(「ヌミノーゼ」と言われる)が中心的に論じられていた。その神秘主義は、エックハルトに始まり、陸続と宗教改革を通って現代に至るまで、囂々《ごうごう》たる地下水脈として流れ続けてきたものだ。

神秘主義体験の核心は「自らが無に沈み去る感じ、自己の空無と没落の感情」とされる。これこそ、「神秘的合一」(unio mystica)の姿であり、静かで瞑想的な気分において現れもするが、興奮と陶酔と法悦が交じり合う、荒々しい騒擾として現れる場合もある。その気分は、薄気味悪さ、妖怪的なもの、ゾクゾクする感じとして体験されるのである。

激しい不安と孤独感、「暗黒、深い沈黙、深淵、夜、神性の荒野」というイメージで古来語られてきたものだ。

そこには精神の平穏さを揺るがさずにはいられない矛盾と混乱、いやこれもまた精神を掻き立てるための様式なのだが、それらが「鳴り響く沈黙」「光り輝く暗闇」としか表現できないような極限状態を引き起こす。

もちろん、神秘主義はこういった騒々しい表現を望まないから、静謐な言語表現で記されることが多いのだが、そこには、静かな激しい緊張状態が控えている。

『海うそ』の主人公が山中の霊場で感じたものは、まさに西洋の神秘主義に相通じるものがある。日本の修験道もまた、自然の中で、自然の本体＝大日如来と一体化し、即身成仏を目指すものであり、「神秘的合一」の一つの姿なのである。擬死再生、そして救済の物語がそこにはある。

*　*　*

『海うそ』を読んだとき、私は自分の生まれた村のことが描かれていると思った。郷愁が沸き起こり、胸苦しくなった。

「数十体の破損仏が詰め込まれている」無住の堂(一八五頁)という記述を読むと、私が生まれた山形の山奥の寺(本道寺)のことを思い出す。

私自身は、東北地方の出羽三山、その中でも月山《がっさん》という山の麓《ふもと》に生まれ育った。修験道の盛んだった土地だ。現在でも羽黒山を中心とする修験道の霊地であるが、私自身はその羽黒山とは違う系統の修験道、湯殿山《ゆどのさん》系寺院の門前で育った。「即身成仏」という、思想において難解でも体験においては平明な思想と、「即身仏」という不気味さよりも具体性が迫り来る信仰とを、子供の頃から気配の中に習って育った。

湯殿山別当であった本道寺という寺も、その大伽藍は明治維新のときに焼け落ち、今に残るは遺跡ばかり。まるで『海うそ』の舞台のようだ。かつての大寺も小さな神社として残るのみである。

その境内には、地中の遺跡をも破壊しようとする悪意のためなのか、自動車道路が貫通し、杉の古木が並ぶ坂道の参道も断ち切られてしまった。行き交う自動車は増えるばかりだが、門前に住む人は減るばかりである。人跡が絶えたのではなく、気づかれることなく素通りされるようになってしまった。文明の喧騒は寂しさを強く感じさせる。

子供の頃から、墓石も倒れ、訪れる者もない歴代住職たちの墓地に何度も佇《たたず》んできたが、そこには廃仏毀釈の姿が現れている。過去の繁栄と現在の荒廃との落差に息苦しくなってくる。いや、過去と現在の間の落差は、それがいかなるものであろうと胸苦しさを引き起こすのかもしれない。

小学校の跡地は山林となり、桜の古木だけが、春の満開の光景をほのかに追憶させるばかりである。門前町としての雰囲気がこぢんまりと残っていた町並みは、今では建物跡ばかりが目立つ限界集落になっている。

人は時間の流れにどのように向き合うのだろうか。若い頃の未熟で青い激情は、そのまま凍り付き、時間の中で化石となって淡い幻のごときそぶりをしながらも、時に大人の心を軽く刺すことがある。

過去はもう二度と戻ることはない。心に何度も言い聞かせても、心はなかなか納得しようとしない。自然の中の生き物も一度絶滅してしまえば、再び地上に現れることはなく、自然の風景も住みやすい環境も、そして人間が築き上げた伝統と風習も滅びてしまえば戻ることはない。人間の生命もそうだ。いや生命というよりも、人の持つ個体性が一度しかこの世に光り輝くことはない。

＊　＊　＊

『海うそ』を読み終わったとき、虹のようだと思った。七色に変わる景色のように、美しいと思った。

遅島の形がタツノオトシゴに似ていることに注目して、対応関係を考えることはできる。修験道の聖地は、内臓の中心、まさに肝腎なところにある。海うそはその脳のところに現れるもののように見える。遅島の地図をしっかり頭に入れて読むと、流れが際立って見えてくる。

旅、修験道、風、時間、そういったものが重なりながらも、それらは概念として流れていくだけでなく、色や香りや情念の重層的な流れとして、切ないものとして描かれている。時間の流れに対していつも遅刻して到着して過去を懐かしむ旅人としての人間の姿が「遅島」として現象している。

蝶、虫、獣たちの営みも開発の中で消えていき、「私は何をしてきたのだろう」という思いを抱かせる。そして、その思いもまた個体性に刻まれ、その人に仄かな縁暈《えんうん》の輝きを与える。

「なぜ自分はこの島にいるのか」という哲学的問い、「ひとは皆、気付けば生まれていたのだ」という、異次元に準備されている哲学への答え、その落差を落差として受容しながら、存在の旅人として、その落差に「海うそ」を見続けられる者が、『海うそ』への歓迎者なのだと思う。

海うそには海うそゆえの祝福されるべき美しさがある。

（やまうち　しろう・中世哲学）

本書は二〇一四年四月、岩波書店より刊行された。

海うそ

2018年4月17日　第1刷発行
2018年6月5日　第4刷発行

著　者　梨木香歩《なしきかほ》

発行者　岡本　厚

発行所　株式会社　岩波書店
〒101-8002 東京都千代田区一ツ橋2-5-5

案内 03-5210-4000　営業部 03-5210-4111
現代文庫編集部 03-5210-4136
http://www.iwanami.co.jp/

印刷・精興社　製本・中永製本

ISBN 978-4-00-602298-3　　Printed in Japan

岩波現代文庫の発足に際して

新しい世紀が目前に迫っている。しかし二〇世紀は、戦争、貧困、差別と抑圧、民族間の憎悪等に対して本質的な解決策を見いだすことができなかったばかりか、文明の名による自然破壊は人類の存続を脅かすまでに拡大した。一方、第二次大戦後より半世紀余の間、ひたすら追い求めてきた物質的豊かさが必ずしも真の幸福に直結せず、むしろ社会のありかたを歪め、人間精神の荒廃をもたらすという逆説を、われわれは人類史上はじめて痛切に体験した。

それゆえ先人たちが第二次世界大戦後の諸問題といかに取り組み、思考し、解決を模索したかの軌跡を読みとくことは、今日の緊急の課題であるにとどまらず、将来にわたって必須の知的営為となるはずである。幸いわれわれの前には、この時代の様ざまな葛藤から生まれた、人文、社会、自然諸科学をはじめ、文学作品、ヒューマン・ドキュメントにいたる広範な分野のすぐれた成果の蓄積が存在する。

岩波現代文庫は、これらの学問的、文芸的な達成を、日本人の思索に切実な影響を与えた諸外国の著作とともに、厳選して収録し、次代に手渡していこうという目的をもって発刊される。いまや、次々に生起する大小の悲喜劇に対してわれわれは傍観者であることは許されない。一人ひとりが生活と思想を再構築すべき時である。

岩波現代文庫は、戦後日本人の知的自叙伝ともいうべき書物群であり、現状に甘んずることなく困難な事態に正対して、持続的に思考し、未来を拓こうとする同時代人の糧となるであろう。

（二〇〇〇年一月）

岩波現代文庫［文芸］

B296
三国志名言集
井波律子

波瀾万丈の物語を彩る名言・名句・名場面の数々。調子の高さ、響きの楽しさに、思わず声に出して読みたくなる！ 情景を彷彿させる挿絵も多数。

B297
中国名詩集
井波律子

前漢の高祖劉邦から毛沢東まで、選び抜かれた珠玉の名詩百三十七首。人が生きることの哀歓を深く響かせ、胸をうつ。

B298
海うそ
梨木香歩

決定的な何かが過ぎ去ったあとの、沈黙する光景の中にいたい——。いくつもの喪失を越えて、秋野が辿り着いた真実とは。
〈解説〉山内志朗

2018.5